Dino

In der Buchreihe „Pferde – Freunde fürs Leben“
sind bisher erschienen:

Band 1: Sternentänzer – Das Rätsel um den weißen Hengst
Band 2: Sternentänzer – Das geheimnisvolle Mädchen
Band 3: Sternentänzer – Weißer Hengst in Gefahr
Band 4: Sternentänzer – Caro unter Verdacht

Pferde
Freunde fürs Leben

Sternentänzer

Caro unter Verdacht

Lisa Capelli

Band 4

Dino

Die Deutsche Bibliothek – CIP-Einheitsaufnahme
Ein Titeldatensatz für diese Publikation ist bei der Deutschen Bibliothek erhältlich.

Dieses Buch wurde auf chlorfreiem, umweltfreundlich hergestelltem Papier gedruckt.

Sternentänzer, Band 4 – Caro unter Verdacht

Dino ist ein Imprint der Panini Verlags GmbH.

Chefredaktion: Claudia Weber
Redaktion: Sonja Wittlinger
Lektorat: Judith Wenk
Umschlag: TAB Werbung, Stuttgart
Fotos: Juniors Tierbild; Mauritius
Satz: Greiner & Reichel, Köln
Druck: Panini S. p. A. Modena, Italien
ISBN: 3-8332-1029-X

www.panini-dino.de

Caro unter Verdacht

In einer stürmischen Vollmondnacht schlägt ein Blitz in eine jahrhundertealte Eiche und eine Sternschnuppe fällt vom Himmel. Im gleichen Moment wird ein wunderschöner Schimmel mit einem kleinen schwarzen Stern auf der Stirn geboren.

Was gibt es Schöneres als ein Fohlen?

„Guten Morgen, süßes Silbersternchen", wisperte Carolin liebevoll. Vorsichtig streichelte sie über die Nüstern des schwarzen Hengstfohlens, als würde sie etwas Zerbrechliches berühren. Sie saß in einer Box des Pferdehofs Lindenhain auf frischem Stroh und hatte nur Augen für Sternentänzers kleinen Sohn. Beim Anblick des Fohlens auf seinen langen Beinchen spürte sie immer, wie eine warme Welle sie durchströmte. Zwar war es schon seit ein paar Monaten auf der Welt und wurde auch gut von Cinderella, der Mutterstute, beschützt. Dennoch hatte Carolin ständig das Bedürfnis, für das junge Tier da zu sein. Seit es in jener Vollmondnacht geboren worden war, wollte Carolin am liebsten Tag und Nacht im Stall auf Lindenhain verbringen. Das ging leider nicht, denn sowohl ihre Mutter, als auch ihr Klassenlehrer, Armin Pfefferbeißer, würden heftig protestieren. Wenn nur die Schule nicht wäre! Dann hätte sie wesentlich mehr Zeit. So aber musste Carolin den frühen Morgen vor Unterrichtsbeginn nutzen, um mit Silberstern zusammen sein zu können.

„Ihhh, das kitzelt!“, prustete sie, als Silberstern ganz sacht über ihre Hand schnüffelte.

Doch das Fohlen ließ sich nicht stören und machte fröhlich weiter. Schließlich durften auch Tierkinder den lieben langen Tag spielen!

Auf einmal stiefelte jemand in den Stall und unterbrach die Schmusestunde. Es war Nick, der Mann für alles auf dem Reiterhof Lindenhain und fast so etwas wie ein großer Bruder für Carolin. Sein Overall stand vor Dreck. Der Neunzehnjährige sah aus, als sei er vor kurzem in den Misthaufen vor dem Stall gefallen.

„Heute Nachmittag soll's ja nun losgehen“, sagte er unvermittelt.

„Was denn losgehen?“, wunderte sich Caro. Sie gähnte. Ihr Wecker hatte schon um fünf Uhr geklingelt. Eine Uhrzeit, zu der Carolin niemals aus dem Bett kommen würde, wenn es nicht um Pferde ging.

Nick versenkte seine Hände in den schmuddeligen Overall-Taschen. „Na, die Kinder vom Landschulheim kommen!“

„Ach ja. Heute schon?“, murmelte Caro, ohne die Hand von den samtweichen Nüstern des Fohlens zu nehmen. Seit es Silberstern gab, hatte sie sich um den Rest des Hofes nicht mehr allzu sehr gekümmert.

Nick pickte einen Strohhalm auf und kaute darauf herum. „Ja. Der Probedurchlauf für den Reiterhof beginnt. Es wird ernst. Gunnar ist tierisch aufgeregt. Kein Wunder, schließlich musste er sich etwas einfallen lassen, um die vielen Karöttchen und Äpfelchen auch in Zukunft bezahlen zu können. Und wenn sein Plan nicht aufgeht …" Er runzelte die Stirn. „Dann möchte ich echt nicht in seiner Haut stecken."

„Meinst du, Gunnar muss dann dichtmachen?", erkundigte sich Carolin besorgt.

Nick zuckte die Achseln. „Keine Ahnung, wollen wir mal hoffen, dass alles rund läuft."

„Wie viele kommen denn?", wollte Caro wissen.

Nick spuckte den Strohhalm aus. „Was meinst du, Kinder?"

„Wieso Kinder? Ich dachte, die sind alle so alt wie ich?"

„Ja, und was bist du denn mit deinen mickrigen 14 Jährchen anderes?"

„Na warte!" Blitzschnell bückte sich Carolin, packte einen klatschnassen Schwamm aus dem Eimer neben Silberstern und warf ihn mit aller Kraft in Richtung Nick.

Der erwischte ihn zwar gerade noch im Flug, doch der Schwamm spritzte und Nick sah jetzt aus wie ein geduschter Pudel. „Na warte!", drohte er und stürzte in Richtung Eimer. „Das zahl ich dir heim, du Biest!"

„Geht nicht!", kicherte Carolin und drückte sich blitzschnell an ihm vorbei. „Ich muss in die Schule!"

„Mir doch egal!" Nick griff sich den Schwamm.

Lachend rannte sie aus dem Stall.

Bevor Carolin mit ihrem Rad vom Hof fuhr, blickte sie noch einmal kurz zurück auf ihren geliebten Reiterhof.

Hier in Lindenhain hatte sie schon viele glückliche, aber auch traurige Stunden mit Sternentänzer, ihrem Pferd, erlebt.

Inzwischen sah der Hof ganz anders aus als damals, als sie Sternentänzer kennen gelernt hatte. Rechts neben dem Haupthaus erhob sich jetzt das neue zweistöckige Gästehaus mit rot-weiß gestrichenen Fensterläden, einer Veranda und einer hübschen Terrasse. Es sah einladend und freundlich aus. Dort sollten ab heute die ersten Kinder aus einem Landschulheim wohnen. Gunnar hatte sie zu einem mehrwöchigen Reitprogramm eingeladen. Das war sozusagen ein Probelauf: Denn Gunnar Hilmer, der Besitzer von Lindenhain, hatte große Zukunftspläne. Aus dem kleinen Anwesen wollte er einen Ferienreiterhof machen. Und wenn das mit der Landschulheimgruppe klappte, dann sollten zukünftig auch andere und vor allem mehr Kinder kommen, um Ferien zu machen. Gunnar machte das alles nicht ganz freiwillig, sondern aus finanziellen Gründen. In der letzten Zeit hatte nämlich nur noch Ebbe in der Kasse geherrscht. Neben dem Gästehaus hatte Gunnar zudem ein paar neue Außenboxen bauen lassen, denn der Stall platzte mittlerweile aus allen Nähten. Und wenn das Programm mit der ersten Gruppe gut funktionierte und später auch genug Feriengäste kämen, dann brauchte Lindenhain sowieso noch mehr Pferde.

Carolin rollte hinüber zur Koppel. Sie lehnte sich mitsamt ihrem Rad für einen Moment gegen den seit kurzem weiß gestrichenen Zaun und atmete tief ein. Von diesem Geruch nach Lindenblüten, Gras und Pferden konnte sie nicht genug bekommen.

Vor ihr erstreckte sich die Weide. Es war ein herrlicher Morgen mit einem klaren, im Osten rosa gefärbten Himmel. Über der Grasfläche, begrenzt von dicken, knorrigen Linden auf der Anhöhe und dem angrenzenden sattgrünen Land, lag Nebel wie ein hauchdünner Schleier. Aus diesem Dunst tauchte nun ein weißer Hengst mit wehender, seidiger Mähne auf. In seinem anmutigen tänzerisch-eleganten Galopp sah er fast aus, als würde er fliegen. Dieses herrliche Pferd war tatsächlich ihres! Bei dem Gedanken stockte Carolin immer noch der Atem. Sie sah Sternentänzer nach bis er wieder im Nebel verschwunden war, dann fuhr sie los.

Gerade als sie durch die große Toreinfahrt radelte und in die Straße einbog, schob sich auf einmal eine dichte graue Wolke über die helle Morgensonne. Carolin fröstelte und eine leise Ahnung stieg in ihr auf. Als würde in ihrem Leben bald nichts mehr so sein, wie es jetzt noch war …

Das fing ja gut an!

„Zack, zack, Leute, Hefte raus! Und du, Carolin, an die Tafel!“

Na toll. Carolin erhob sich von ihrem Stuhl und ging nach vorn.

„Dann wollen wir mal den Stoff der letzten Stunde zu-

sammenfassen, bitteschön, Fräulein Baumgarten!“ Armin
Pfefferbeißer hatte ganz offensichtlich glänzende Laune.
Seine braunen Augen funkelten hinter den Brillen-
gläsern wie die eines angriffslustigen Tigers. Außerdem
fummelte er ständig an seiner Krawatte herum. Bei nä-
herem Hingucken war Carolin auch klar, warum. Ein
dottergelber Fleck prangte mitten auf dem blau-weißen
Muster. Es sah aus, als sei das Frühstücksei auf der
Krawatte gelandet. Carolin musste grinsen und dach-
te: *Stress am Frühstückstisch und wir dürfen es ausba-*
den.

„Was ist jetzt?“ Pfefferbeißer trommelte ungeduldig mit
einem Lineal auf den Tisch.

„Ähm …“ Caro sah sich hilflos um. Wer konnte ihr jetzt
helfen? Ihr Blick blieb an Lina hängen, doch die zuckte
auch nur ratlos die Achseln. Manchmal vergaß Carolin,
dass Lina erst vor zwei Jahren nach Lilienthal gekommen
war. Zusammen mit ihrer Familie, die von Jahrmarkt zu
Jahrmarkt zog und Kräuterbonbons und Liköre verkauf-
te. Auch daran, dass ihr Lina anfangs gar nicht sympa-
thisch gewesen war, mit ihren weiten Röcken, den der-
ben Schuhen und den wilden Haaren, dachte Caro nicht
mehr. Inzwischen war Lina ihre beste Freundin gewor-
den.

Sogar ihre Locken sahen in Caros Augen wunderschön
aus, obwohl sie an sich selbst solche Zotteln hasste. Sie
sorgte dafür, dass ihre Haare immer rechtzeitig abge-
schnitten wurden. Kurze Haare waren einfach prakti-
scher wenn man mit Pferden zu tun hatte.

„Carolin, ich warte!", keifte Pfefferbeißer.

Suchend blickte Caro durch die Reihen. Die ehemals pummelige Tina, die zwischendurch für kurze Zeit spindeldürr wie ein Fotomodell gewesen war, aber inzwischen schon wieder ein paar Speckschichten zugelegt hatte, drehte die Augen zur Decke des Klassenzimmers. Die hübsche Julia beschäftigte sich so intensiv mit ihren sorgfältig manikürten Fingernägeln, als wolle sie sie hypnotisieren. Heike, die seit ein paar Tagen kurze mahagonirote Haare hatte, zog den Kopf so weit ein, dass die Ohren zur Hälfte in ihrem Rollkragenpulli verschwanden. Luisa spitzte einen Stift nach dem anderen, als wollte sie dafür ins Guiness-Buch der Rekorde kommen. Offensichtlich war Caro also nicht die einzige Unwissende im Klassenzimmer. Nur leider machte das die unbehagliche Situation vor der leeren Tafel nicht erträglicher.

„Unsere liebe Carolin hat keine Ahnung, keinen blassen Schimmer von unserem Unterrichtsstoff", bemerkte Pfefferbeißer mit Nachdruck und ließ das Lineal in seine Handfläche klatschen. „Dann setz dich mal wieder hin. Mit hängendem Kopf trottete Carolin zu ihrer Bank zurück. Er hatte ja Recht. Genaugenommen saß sie in der Schule jeden Tag die Stunden ab, bis es endlich wieder so weit war, dass sie nach Lindenhain konnte. *Ich muss mir was einfallen lassen*, dachte sie, als sie wieder an ihrem Platz saß. Zum Glück waren ihre Noten noch einigermaßen akzeptabel, doch schlechter sollten sie nicht werden.

Pfefferbeißer spähte auf der Suche nach einem neuen Opfer umher. „Lina, komm du bitte nach vorne!"

Als Lina ebenso hilflos wie Carolin vor der Tafel stand und mit den Schultern zuckte, schickte Pefferbeißer auch sie zurück an ihren Platz und schrieb seufzend den Stoff eigenhändig an die Tafel.

„Bin ja mal gespannt, wie die Leute vom Landschulheim so drauf sind", meinte Carolin, als sie neben Lina nach der Schule in Richtung Lindenhain radelte. Ihre beste Freundin liebte Pferde ebenso wie sie und verbrachte genau wie Carolin jede freie Minute auf dem Reiterhof.

Lina zog eine Grimasse. „Hoffentlich ist keine ‚ich-hab-die-schicksten-Klamotten-und-Papa-kauft-mir-zu-Weihnachten-sowieso-ein-Pferd-Julia' dabei."

Carolin grinste. Sie wusste, was Lina meinte. Julia aus ihrer Klasse war zwar ganz nett, aber ziemlich verwöhnt und öfter mal zickig. Sie und Lina hielten deswegen Abstand zu ihr.

„Können die vom Landschulheim eigentlich schon reiten?", erkundigte sich Lina.

Caro zuckte die Achseln. „Keine Ahnung, ich hab mich in letzter Zeit nur noch mit Silberstern beschäftigt."

Lina seufzte. „Er ist ja auch so süß und kuschelig. Am liebsten würde man ihn ständig knuddeln. Mist. Wart mal kurz, Caro." Sie hielt an, zog einen Gummi aus ihrer Jackentasche und band ihre Locken zu einem Pferdeschwanz zusammen. „Mensch, irgendwann schneide ich mir den ganzen Wust ab", fluchte sie. „Streichholzkurz, so wie du."

Carolin kurvte mit dem Rad um Lina herum. „Aber sein Geheimnis haben wir immer noch nicht gelüftet."

„Was meinst du?" Lina war immer noch mit dem Gummi beschäftigt.

„Na, Silbersterns Geheimnis. Ob er wie Sternentänzer die besondere Gabe hat!", entgegnete Carolin, während sie versuchte, auf dem Rad die Balance zu halten. Denn ihr Sternentänzer war ein ganz besonderes Pferd. Wer in einer Vollmondnacht auf seinem Rücken ritt, konnte ihm eine Frage nach der Zukunft stellen. Zu wem Sternentänzer Vertrauen hatte, dem gab er eine Antwort. Noch nie hatte er sich geirrt!

Lina grub erneut in ihrer Jackentasche. Diesmal zog sie zwei Lutscher raus.

„Magst du? Himbeer oder Cranberry?"

Carolin bremste und griff zu. „Himbeer. Danke!"

„Wenn Sternentänzers Gene sehr stark sind, müsste sein Sohn Silberstern aller Wahrscheinlichkeit nach die gleiche Gabe haben. Dann müsste der süße Kleine auch in die Zukunft blicken können", überlegte Lina, während sie ihren Lutscher auswickelte.

„Ich wünschte, ich wüsste, wie man das jetzt schon herausfinden kann", seufzte Caro, während sie ihren Himbeerlolly in den Mund schob. „Bis Silberstern so groß ist, dass ich in einer Vollmondnacht auf ihm reiten kann, bin ich doch schon steinalt."

Lina stieg wieder auf ihr Rad. „Weißt du, was meine Ami jetzt sagen würde?"

Carolin trat kräftig in die Pedale. „Was würde deine weise und komplett verrückte Großmutter denn wohl sagen?"

Lina grinste vergnügt und ahmte die tiefe Stimme ihrer Großmutter nach. „Wenn die Zeit gekommen ist, wirst du es herausfinden."

Carolin verzog die Miene in gespielter Verzweiflung. „Na super, und bis dahin sterbe ich vor Neugier."

Lina kicherte. „So lange können wir uns ja mal die Kids vom Landschulheim anschauen."

Einträchtig lutschend fuhren sie nebeneinander her.

Neue Gesichter auf Lindenhain

Als Carolin und Lina auf dem Reiterhof ankamen, hatte das Wetter umgeschlagen. Ein kühles Lüftchen wehte und am Himmel hingen dicke Wolken. Die Pferde waren alle auf der Wiese und weideten friedlich. Sie waren sichtlich erleichtert, dass die große Hitze des Sommers vorbei war. Ständig hatten sie mit den Schweifen wedeln, mit den Ohren zucken oder den Kopf schütteln müssen, um sich vor Mücken, Bremsen und Schnaken zu schützen. Manchmal waren alle wie wildgeworden über die Weide galoppiert. Da war der nahe Herbst willkommen.

Neben dem Stall standen vier Kinder vom Landschulheim aufgereiht wie die Orgelpfeifen vor Nick und hörten ihm andächtig zu.

„Sie sind schon hier“, stellte Carolin beiläufig fest, als sie ihr Rad abstellte.

Da hatte Nick sie beide auch schon entdeckt und winkte sie zu sich her. „Caro, Lina, ihr kommt genau richtig zur Begrüßung.“

Zur Feier des Tages hatte er sich richtig schick gemacht. Statt seines verdreckten Overalls und den mit Mist verklebten Gummistiefeln trug er Jeans, einen dunkelblauen Rollkragenpullover und braune Sneakers. Die Spitzen seiner blonden Haare hatte er mit Gel in die Höhe gekämmt. Sogar frisch rasiert war er und ein leichter Hauch von Rasierwasser lag in der Luft. Carolin und Lina zwinkerten sich heimlich zu.

„Man könnte meinen, Nina käme zu Besuch", kicherte Carolin. Nina war Nicks Freundin. Doch im Moment lag ihre Beziehung auf Eis, weil sich Nina nicht dazu durchringen konnte, endgültig mit ihrem alten Freund Schluss zu machen. Das bereitete Nick ziemliche Magenschmerzen. Er redete nicht gern darüber.

Mit einer Kopfbewegung wies er jetzt auf die beiden Mädels. „Diese beiden kichernden Hühner sind Caro und Lina. Normalerweise sind sie total in Ordnung und unsere besten Helferinnen. Wenn's um Pferde geht, macht ihnen so schnell niemand was vor. Ach, und Caro ist die stolze Besitzerin eines Prachtschimmels namens Sternentänzer." Er machte eine Pause und sah von einem zum anderen. „Dann stellt euch doch am besten alle mal vor."

Ein Mädchen mit kurzen, strohblonden Haaren, jeder Menge Sommersprossen im Gesicht und einem lustigen Grinsen machte den Anfang. „Hi, ich bin Kerstin und schon öfter mal geritten."

„Ich heiße Konrad, für meine Freunde und für euch Conny, und Pferde kenne ich aus Filmen und TV-Serien." Conny hatte kurze rötliche Igelhaare, trug eine

Nickelbrille und sah fast ein bisschen aus wie Harry Potter.

„Ich bin Giulia. Pferde finde ich toll und ich würde gerne richtig gut reiten lernen.“ Giulia hatte dunkelblonde Haare, blaue Augen und ein engelhaft sanftes Gesicht.

„Deborah“, stellte sich die Letzte vor. Sie hatte dunkelbraune Haare und trug Kleider, auf denen das Markenzeichen deutlich zu sehen war. Außerdem war sie stark geschminkt und trug mehrere Ringe sowie Kreolen in den Ohren.

„Und weiter?“, fragte Nick.

„Nichts weiter.“ Deborah verzog ihren rotgeschminkten Mund. „Oder doch: Ich hasse es, wenn man mich Debbie nennt!“

„Was ist mit Pferden?“

„Was soll schon sein mit Pferden? Ich bekomme mein eigenes Reitpferd. Zum Geburtstag.“

Caro und Lina sahen sich an und kicherten erneut los.

„Dein eigenes, gut“, nickte Nick. „Aber hast du schon Erfahrung mit Pferden?“

„Natürlich nicht, würde ich sonst hier rumhängen?“, gab Deborah unfreundlich zurück.

„Alles klar.“ Nick sah auf seine Liste. „Ihr seid fünf. Da fehlt doch noch … genau: Danny Martens.“ Nick sah sich um. „Wo ist denn der?“

In diesem Moment kam ein Junge über den Hof geschlendert. Die Hände hatte er tief in seine Cargo-Hosen versenkt, auf seinem Kopf standen stoppelige blonde Haare und im Gesicht hatte er ein freundliches Grinsen.

Nick schlug ihm zur Begrüßung auf die Schulter. „Du musst Danny sein."

„Bingo." Danny gab allen nacheinander die Hand. Zuerst Nick. Dann Carolin.

„Hi."

Mit himmelblauen Augen sah er sie an. Genauer gesagt waren es Augen in der Farbe eines satten Augusthimmels unter langen schwarzen Wimpern. Carolin hielt unwillkürlich den Atem an und brachte keinen Ton mehr heraus. Plötzlich hatte sie das Gefühl, die Welt stünde still. In ihrem Hals steckte ein Kloß. Zum Glück sprang Lina ein, die neben ihr stand. „Hi, Danny. Ich bin Lina und das ist Caro."

„Hi", presste Carolin heraus und spürte, wie sie errötete.

„Hi Caro!" Danny lächelte sie an und Caro wurde warm ums Herz.

„So, dann wollen wir mal." Nick drückte jedem einen Putzkasten in die Hand. Darin lagen ein Mähnenkamm, ein Hufkratzer, eine Bürste, eine Wurzelbürste und ein Schwamm.

Deborah nahm ihren Kasten in Empfang und rümpfte sofort die Nase.

„Ihhhh, der ist ja voll verdreckt!"

„Naja", meinte Nick. „Klinisch sauber geht es auf einem Pferdehof eben nicht zu, da hast du Recht. Aber glaub mir, man gewöhnt sich schnell daran. Zuerst mal zeig ich euch, wie man ein Pferd striegelt!"

„Aber da werden meine Klamotten ja bestimmt schmutzig", befürchtete Deborah.

„Das kann schon sein", bestätigte Nick. „Daher hatten wir euch ja eigentlich geraten, für die Tage bei uns besser eure älteren Sachen anzuziehen."

Deborah zog eine Grimasse. „Ich hab keine alten Klamotten."

Nick überlegte einen Moment. „Du bekommst von mir eine Schürze, dann geht das schon. Okay?"

Als Deborah mehr oder weniger zustimmend die Schultern zuckte, kommandierte Nick mit Augenzwinkern: „Alle mir nach!" und marschierte los in Richtung Stall. Die Kinder vom Landschulheim trabten im Gänsemarsch hinterher.

Carolin und Lina blieben zurück und sahen der Gruppe nach.

„Scheinen ja alle ganz nett zu sein", stellte Lina fest.

„Hm", machte Carolin gedankenverloren.

„Bis auf diese Deborah." Lina drehte die Augen zum Himmel.

„Ich hab's ja geahnt. Es geht nicht ohne Zicken! Los!" Lina knuffte Carolin in die Seite. „Lass uns mal sehen, was Nick mit denen so anstellt."

Der war gerade im Stall dabei, den Neuankömmlingen zu zeigen, wie man ein Pferd sattelt, den Gurt um den Bauch stramm zieht und die Steigbügel nach unten rutschen lässt. Er machte auch gleich vor, wie man Zügel und Füße halten muss.

Die Fuchsstute Shania diente als Vorführpferd. Allmählich wurde sie schon ungeduldig und scharrte mit den Hufen.

„Dann kommen wir jetzt mal zur Pferdepflege.“ Nick befreite Shania von Gurt und Steigbügeln.

„Reiten ist nicht nur Spaß, sondern bedeutet auch Verantwortung für das Pferd. Man muss es täglich pflegen! Um den Körper zu säubern dürft ihr die Kardätsche und auch eine Wurzelbürste nehmen. Für den Kopf braucht ihr eine weichere Bürste, denn der ist empfindlicher. Der Schweif wird gekämmt. Es ist gar nicht so einfach, denn die Haare sind ziemlich durcheinander. Das wollen wir jetzt mal ausprobieren. Deborah, du machst den Anfang!“, befahl Nick.

Gelangweilt zerrte Deborah den Kamm durch die Schweifhaare. Prompt zuckte Shania zusammen.

Ärgerlich nahm Nick den Kamm aus Deborahs Hand. „So geht das nicht! Wenn deine Haare verwurstelt sind und jemand fährt einfach gnadenlos durch, dann tut dir das auch weh!“

Er reichte den Kamm weiter an Conny. Von unten beginnend zog der den Kamm immer wieder durch die Haare und entwirrte sie so vorsichtig.

„Was passiert eigentlich mit kranken Pferden?“, erkundigte er sich dabei.

„Wie kommst du denn jetzt darauf?“, fragte Nick.

„Nur so, hat mich immer schon mal interessiert. Werden die geschlachtet?“

Die anderen Kinder guckten neugierig.

Nick schaute spitzbübisch drein. „Ja, das werden sie. Und kleine Jungs, die doofe Fragen stellen, auch!“

Damit hatte er die Lacher auf seiner Seite.

Noch eine ganze Weile sahen Carolin und Lina den Kindern vom Landschulheim beim Striegeln und Bürsten zu. Dann verabschiedete sich Caro: Sie wollte mit Sternentänzer ausreiten.

Der weiße Hengst bewegte sich locker und schien fast zu tanzen. Spielerisch setzte er die Hufe auf. Carolin ließ ihm die Zügel lang, denn sie vertraute dem Pferd blind. Nun ging es in den Galopp. Lauthals jauchzend jagte sie auf Sternentänzers Rücken über die Felder und genoss jede Bewegung seines edlen Körpers. „Jipppiiiiiieee-yeahhhh!!!“, schrie Carolin gegen den Wind. Es tat gut, sorglos dahin reiten zu können! Nach all der Angst: Zuerst um Sternentänzer, als ihn Frank Stone, sein früherer Besitzer, in einem Schuppen im Wald versteckt gehalten hatte. Dann wegen der Entführung der Stute Cinderella und deren Fohlen Silberstern, das die Geburt beinahe nicht überlebt hätte. Doch jetzt war alles gut.

Als sie von ihrem Ausritt zurück kehrte, war im Stall von Nick und den Kindern nichts mehr zu sehen. Carolin brachte das Pferd zurück in seine Box. Dann schleppte sie den Sattel in die Sattelkammer und legte ihn auf einen Bock mit Sternentänzers Namen. Anschließend spülte sie die Trense unterm Wasserhahn ab und ging zurück in die Box des Hengstes. Sie fing an, das Pferd mit Stroh abzureiben. Vor allem am Rücken, wo der Sattel gelegen hatte, war Sternentänzer ziemlich verschwitzt.

„Schönes Pferd!“, hörte sie auf einmal eine Stimme. Carolin fuhr herum wie von einer Tarantel gestochen.

„Ist das deins?“ Da lehnte Danny und lächelte sie mit seinen blauen Augen an.

„Hmmm“, machte Carolin nur, denn sprechen konnte sie nicht. Verflixt: Schon wieder war ihre Kehle wie zugeschnürt. Sie räusperte sich schwach, doch es half nicht viel.

„Wo hast du es her?“, fragte der Junge.

„Ist ne lange Geschichte“, krächzte Carolin und wich einen Schritt zurück, als Danny auf sie zu ging. Vor Aufregung trat sie beinahe in den Wasserkübel neben Sternentänzer.

Danny versenkte die Hände in seinen Hosentaschen. „Erzählst du sie mir mal?“

Carolin nickte stumm.

„Tja“, machte Danny dann.

„Tja“, machte Carolin und hielt sich krampfhaft an Sternentänzers Mähne fest.

„Dann stör ich dich mal nicht länger“, meinte Danny schließlich und verschwand aus der Box.

Wenn Caro nicht wie gebannt gewesen wäre von seinen Augen, dann hätte sie bemerken können, dass Sternentänzer dem Jungen nachsah. Sie schmuste mit ihm. „Ach, ist der süß!“, murmelte sie dabei. Der Hengst bewegte seinen Kopf unruhig auf und ab. Caro tätschelte seinen Hals. „He, Großer, du musst doch nicht eifersüchtig sein. Ich hab es doch auch akzeptiert, als du dich damals in Cinderella verguckt hast, weißt du noch?“

Zaumzeug gesucht

Die folgenden Tage vergingen wie im Flug. Carolin half den Kindern vom Landschulheim beim Putzen und Satteln. Sie wollten alles wissen über Lindenhain, die Tiere und ihr Leben als Pferdebesitzerin. Schon am frühen Morgen standen die ersten im Stall und wollten putzen, misten und fegen. Im Gegensatz zu sonst waren Hof und Ausläufe jetzt tagtäglich ordentlich und sauber gefegt. Die ledernen Sättel schimmerten, so gut geputzt und gefettet waren sie. Carolin machte es großen Spaß, alles zu zeigen und zu erklären und natürlich genoss sie auch die bewundernden Blicke.

Es war ein warmer, sonniger Herbsttag, als Caro mal wieder nach der Schule auf den Hof radelte. Gunnar stand gerade mit verschränkten Armen und zufriedenem Gesicht vor dem Haupthaus. Sie winkte ihm zu. „Hi Gunnar!"

Der stiefelte zu ihr und schob den Cowboyhut in den Nacken. „Na, Caro, alles im grünen Bereich?"

Carolin stellte ihr Rad ab. „Klar, und bei dir?"

„Kann nicht klagen", grinste Gunnar verschmitzt.

„Läuft doch prima mit den Kids vom Landschulheim. Unser Aufstieg zum bekannten Reiterhof kann beginnen."

„Super."

Plötzlich sah Gunnar sie ernst an. „Ich war mir gar nicht sicher, dass es auch wirklich klappt. Weißt du, wie viele schlaflose Nächte ich verbracht habe?", bekannte er. „Um so glücklicher bin ich natürlich, dass jetzt alles reibungslos läuft." Er machte eine kurze, bedeutungsschwere Pause und seufzte tief. „Weißt du, wie es sich anfühlt, wenn du dir deinen Traum erfüllst?"

Carolin blickte hinüber zur Koppel, auf der Sternentänzer in aller Gemütsruhe vor sich hin graste. „Das weiß ich ganz genau", nickte sie. Denn sie erinnerte sich an den Moment, als Sternentänzer endlich ihr gehört hatte. An dieses gewaltige Glücksgefühl nach all der Aufregung wegen Sternentänzers Entführung durch Frank Stone, den ehemaligen Besitzer.

„Du machst das übrigens total klasse mit den Kindern vom Landschulheim", unterbrach Gunnar sie in ihren Gedanken. „Bist mir eine große Hilfe. Ist immer gut, wenn man jemanden hat, auf den man sich hundertpro verlassen kann." Er zeigte mit dem Daumen nach oben und stiefelte zurück zum Haupthaus.

Mit vor Freude und Stolz glühenden Wangen blieb Carolin zurück. Konnte das Leben noch schöner sein? Okay, wenn jetzt noch Pfefferbeißer als Aushilfslehrer nach Papua-Neuguinea gehen würde …

Heute war die erste Reitstunde für die Kinder aus dem Landschulheim.

„Meine Reithose ist nagelneu“, sagte Deborah mit Blick auf Caros schmuddelige Hose. „Das beste Material, war sauteuer. Und …“, sagte sie mit triumphierendem Blick. „Ich hab für jeden Wochentag eine andere.“

Dumme Kuh! Carolin ärgerte sich. Sie überlegte einen Augenblick, ob sie eingeschnappt sein sollte, doch dann beschloss sie, dass diese eingebildete Pute das gar nicht wert war. Eins stand von diesem Moment an fest: Freundinnen würden sie und dieses Mädchen niemals werden!

Deborah war die einzige im Reitdress. Die anderen trugen Jeans und je ein Paar feste Winterstiefel.

Nick klatschte in die Hände. „Dann wollen wir mal! Alle auf die Pferde!“

Conny stand ehrfürchtig neben Shania und sah zu der Stute auf. „Kann mir mal jemand einen Stuhl bringen?“, rief er in die Runde. „Oder eine Leiter? Oder noch besser: einen Kran?“

„Ganz cool“, beruhigte ihn Nick. „Du hältst mit der linken Hand die Zügel und legst sie auf den Hals des Pferdes. Mit der rechten greifst du auf den Sattel. Mit der linken in die Mähne. Dann stellst du deinen linken Fuß in den Steigbügel, steigst mit Schwung hoch und holst während dessen dein rechtes Bein über den Sattel – schon sitzt du! Jetzt nur noch den Fuß in den rechten Steigbügel. Das ist schon alles.“

„Alles klar“, nickte Conny, der möglicherweise etwas

mehr verstanden hätte, hätte ihm Nick die Relativitätstheorie erklärt.

„Na gut, warte."

Conny blieb neben Shania stehen und blickte Nick erwartungsvoll entgegen. Der schleppte einen dicken Strohballen an und setzte ihn neben der Stute ab.

Conny sah zuerst Nick an, dann den Strohballen und dann wieder den Reitlehrer.

„Nee, oder?"

„Doch." Nick klopfte sich die Hände ab. „Du steigst erst auf den Strohballen und dann auf das Pferd."

Conny lächelte unsicher. „Ginge nicht auch ein Stuhl?"

Doch Nick zeigte ihm, wo man beim Aufsteigen anfassen musste und schwupps! saß Conny oben. Er zog eine Miene als hätte er soeben ein neues Land erobert und wurde gleich wieder mutig. „Cool. Wo ist das Gaspedal? Und die Bremse? Wo muss ich draufdrücken, wenn er einen Zahn zulegen soll?"

„Setz dich erst mal grade hin", grinste Nick.

„He, was meinst du, was ich mache? Einen Purzelbaum?"

„Rücken gerade halten, aber nicht zu steif, Schultern nicht zu weit nach vorne und nicht zu weit nach hinten und mit dem Hintern nicht hin und her rutschen."

„Wie soll das alles gleichzeitig gehen?", rief Conny verzweifelt.

„Okay, versuch einfach nur oben zu bleiben und nicht runterzufallen", gab Nick zur Antwort und wendete sich Danny zu. Der sollte Marhaba reiten. Auch er stand ein wenig verzagt neben seinem Pferd und blickte furchtsam zu ihm auf. Bei jeder Bewegung Marhabas zuckte er zusammen.

„Keine Sorge, Danny, Marhaba hat heute schon gefrühstückt“, nahm Nick ihn auf den Arm. „Versuch's einfach – dämlicher als Conny wirst du dich auch nicht anstellen“, meinte er, während er Giulia in den Sattel half. Doch als Nick merkte, dass Danny tatsächlich Angst hatte, rief er nach Carolin, die daneben stand. „Hilfst du bitte mal Danny?“

„Was? Äh, ja, klar. Okay, mach ich“, stammelte sie.

Schon unzählige Male hatte Caro ein Pferd gesattelt und aufgetrenst. Normalerweise saß jeder ihrer Handgriffe. Im Schlaf und mit geschlossenen Augen. Doch jetzt hatte sie auf einmal das Gefühl, als würde sie es zum allerersten Mal tun. So ungeschickt stellte sie sich an.

„Caro, du brauchst ja ewig“, meckerte dann auch noch Nick. „Mach ein bisschen schneller!“

Caro schob Marhaba die Trense ins Maul, was gar nicht so einfach war, denn der biss hartnäckig die Zähne zusammen. Ausgerechnet jetzt!

Danny war trotzdem voller Bewunderung. „Wie du das alles so schnell hinkriegst“, staunte er.

Äußerlich wirkte Caro ganz cool, ihr Herz jedoch machte Bocksprünge.

Auch beim Aufsteigen hatte Danny Schwierigkeiten. Nick musste ihm schließlich helfen indem er das linke Bein festhielt, das bereits im Steigbügel stand. Endlich schaffte es der Junge aufzusitzen.

Als schließlich alle im Sattel saßen, begann Nick mit kleinen Gleichgewichtsübungen. „So, mit beiden Händen die Knie berühren, Hände hinter den Sattel legen. Dabei grade sitzen bleiben. Nach vorn beugen, Arme seitlich ausstrecken. Hände nach hinten. Dann nehmt ihr die Zügel und lasst euer Pferd ein paar Schritte gehen."

Doch außer Kerstin bewegte sich keiner aus der Gruppe vorwärts. Sie sahen Nick mit fragenden Blicken an.

„Wenn ihr unsicher seid, beugt euch ein wenig nach vorn!", sagte Nick. „Beide Beine gegen den Pferdekörper drücken. Zügel nicht zu fest ziehen. Hey, Conny, willst du Shania erwürgen oder auf ihr reiten? Lass die Zügel lockerer!"

Conny ließ augenblicklich los und Shania setzte sich in Bewegung.

„Oho!", rief Conny. „Das wackelt ja wie Pudding!"

„Na also, geht doch schon ganz gut", lobte ihn Nick.

Giulia hatte den Dreh schneller raus. „Juhu, ich sitze auf einem Pferd! Ich reite!", jubelte sie mit strahlenden Augen.

„Ist ja alles voll der Kinderkram!", gab Deborah an, die schon ganz gekonnt im Sattel saß.

Kerstin durfte allein eine Runde drehen, weil sie schon Erfahrung hatte.

Nur Danny schien sich immer noch nicht mit dem Gedanken angefreundet zu haben, auf einem Pferderücken zu sitzen. Er umklammerte den Sattelknauf so heftig, dass sich die Knöchel seiner Finger weiß färbten.

„Relax, Danny!“, rief ihm Nick zu. „Entspann dich! Marhaba tut dir nichts, du brauchst keine Angst zu haben.“

Doch Danny hockte weiterhin völlig verkrampft auf dem Pferd. Die Anspannung stand ihm ins Gesicht geschrieben, sein Kopf war feuerrot.

„Alles halb so wild!“, rief Conny ihm aufmunternd zu. „Sieht schlimmer aus, als es ist. Musst ihnen nur zeigen, wer der Herr im Haus ist ... Ooooooohhhhhhhooo!“ Marhaba hatte plötzlich ein paar schnelle Schritte nach vorn gemacht und Danny hielt sich nur mit Mühe oben.

Kerstin und Giulia bogen sich vor Lachen, Deborah verzog keine Miene.

„Danny, alles okay mit dir?“, erkundigte sich Nick.

Doch der sagte keinen Ton, sondern kniff die Lippen zusammen, bis nur noch ein dünner Strich zu sehen war.

Nick ging zu ihm und hielt Marhaba fest. „Okay, das war schon ziemlich gut für heute. Steig besser ab, wir machen morgen einen neuen Versuch.“

Dankbar glitt Danny vom Pferderücken. Sobald er festen Boden unter den Füßen hatte, bekam sein Gesicht wieder die normale Farbe. „Tut mir Leid“, stammelte er.

Nick schlug ihm kameradschaftlich auf die Schulter. „He, du hättest mich mal bei meinen ersten Reitversuchen sehen sollen. Du hättest dich schief gelacht“, versuchte er den Jungen zu trösten. „Das wird schon. Ihr müsst euch nur aneinander gewöhnen, Marhaba und du.“

Danny nickte.

Nick überlegte einen Moment. „Sag mal, Danny, hattest du vielleicht mal eine unangenehme Erfahrung mit einem Pferd? Bist du mal abgeworfen worden oder so?“, fragte er den Jungen.

„Ich? Von einem Pferd? Nein, nein, niemals“, sagte Danny überrascht und eine Spur zu schnell.

Da ertönte ein spitzer Schrei von Deborah. „Ich kann ihn nicht mehr halten!“, kreischte sie. „Hilfe! Ich kann das Mistvieh nicht mehr halten!“ Sie lehnte sich im Sattel nach hinten und zerrte mit aller Kraft am Zügel. Das Pferd reagierte mit einem Bocksprung, Deborah wurde nach vorn geworfen. Bevor sie völlig die Kontrolle verlor, griff Nick beherzt ins Zaumzeug. Deborah hing nur noch halb auf dem Sattel und klammerte sich an der Mähne fest.

Feixend sah Conny zu ihr rüber. Er spreizte die Finger zu einer angeberischen Geste und zog die Augenbrauen in die Höhe. „Alles voll der Kinderkram“, machte er Deborah nach. Die stieg wutentbrannt vom Pferd und stapfte begleitet vom Gelächter der anderen in Richtung Gästehaus.

„Sag mal, Caro, hast du irgendwo das Zaumzeug von Marhaba gesehen?“ Als Nick eine Stunde nach dem Reitunterricht durch die Tür von Cinderellas Box lugte, war Carolin gerade dabei mit Silberstern zu schmusen.

„Nö.“

„Es ist weg."

„Du süßer Kleiner ..." Carolin streichelte die weichen Ohren des Hengstfohlens. „Wird schon irgendwo sein. Musst halt besser suchen. Er wird jeden Tag schöner, findest du nicht?"

„Ich hab schon alles abgesucht!"

„Guck mal, hast du das gesehen? Silberstern hat mir zugezwinkert."

Das Fohlen tapste zu Cinderella, trank schmatzend etwas Milch aus dem Euter der Mutter und kam dann zu Carolin zurückgewackelt, um sich weiter kraulen zu lassen. „Süß", lächelte Carolin. „Hast du gesehen, es hatte plötzlich ein bisschen Durst."

„Caro, hör mir doch zu! Das Zaumzeug ist einfach nirgends zu finden."

Carolin stand auf. „Soll ich dir jetzt beim Suchen helfen oder was?"

Nick zog die Nase kraus. „Das wäre megalieb von dir. Du hattest es doch auch zuletzt in der Hand, als du Dany geholfen hast!"

„Na gut." Carolin klopfte sich Heu von der Hose. „Wenn du mich nett darum bittest."

Sie hatte so gute Laune, dass nicht einmal eine lästige Suchaktion sie störte. „Dann mal los."

In der nächsten Stunde stellten sie den Stall auf den Kopf, durchsuchten die Sattelkammer und sogar die Abstellkammer. Ohne Erfolg.

„Jetzt überleg doch mal, wo hast du es denn letztes Mal hin?"

Carolin zuckte die Schulter. „Ganz normal an seinen Platz."

Nick lehnte sich gegen das Fenster in der Sattelkammer. „Wo es aber jetzt nicht ist. Seltsam. Moment mal, warte … Ich glaub's nicht!", setzte Nick an.

„Was denn?"

„Die Kardätsche ist auch weg. Verschwunden. Hier." Er deutete auf eine Ablage unter dem Fenster. „Hier leg ich sie immer hin. Immer!"

Carolin prustete los. „Ohjeh, auf dem Reiterhof Lindenhain spukt es!" Sie hielt sich die Hände trichterförmig vors Gesicht. „Hallo, Lindenhain an Pumuckl, melde dich! Meister Nick hat ein Problem! Hallo, Pumuckl! Rück das Zaumzeug wieder raus!"

Nick musste grinsen. „Wahrscheinlich hast du Recht, das hat vermutlich eines von den Landschulheimkids verlegt. Die wissen ja noch nicht, wo die Sachen hingehören."

„Bestimmt", nickte Carolin. „Ich vermute mal, dass sie Marhabas Zaumzeug in den Kühlschrank und deine Kardätsche in Vickys Schminkkoffer geräumt haben. Dort sollten wir mal suchen!"

„Spinner!" Nick gab ihr einen kleinen Stups auf die Nase.

Carolin lachte, als habe er den Witz des Jahrhunderts gemacht. Nick sah sie skeptisch an.

„Wie bist du denn heute drauf?"

Carolin schüttete sich aus vor Lachen. „Ich hab nur supergute Laune. Das ist alles."

Nick sah sie neugierig an. „Darf man fragen, warum?“

Carolin grinste über das ganze Gesicht. „Weil die Sonne scheint, weil ich Silberstern so gern hab und weil das Leben schön ist.“

Heute fand ein Spieleabend für die Kinder vom Landschulheim statt. Nick hatte Carolin gebeten dazubleiben und sie hatte bereitwillig zugestimmt. Vicky, Gunnars Freundin, hatte im Speisesaal des Gästehauses die Tische zusammengeschoben und zwei Kannen Kakao gekocht. Dazu gab es Kekse, Erdnüsse und Chips.

„Ich dachte mir, wir spielen Monopoly“, meinte Vicky und packte die Spieleschachtel auf den Tisch.

„Prima!“, stimmten Giulia und Kerstin zu.

Conny zuckte die Schultern. „Meinetwegen.“

Nur Deborah verzog das Gesicht. „Das ist doch voll der Kinderkram. Das hab ich gespielt, als ich neun war.“

„Was würdest du denn gerne machen?“, erkundigte sich Nick.

„Was Cooles.“

„Aha, und was findest du cool?“

Deborah zuckte die Achseln. „Keine Ahnung. Karaoke zum Beispiel. Oder einen Tanzwettbewerb!“

„Na gut“, meinte Nick. „Dann spielen wir zuerst Monopoly und anschließend machen wir Karaoke.“

Deborah verzog das Gesicht. „Nee, das bringt’s doch nicht, so ganz ohne Musik.“

„Wir klatschen im Takt!“, schlug Conny grinsend vor. „Beim Tanzen bin ich sonst immer dabei, aber heute setz ich aus, so viel ist klar!“ Er hievte sich vom Stuhl hoch und marschierte mit durchgedrückten Beinen, wankend wie ein Seemann auf Landurlaub, auf und ab.

„Mir tun Muskeln an meinen Oberschenkeln weh, von denen wusste ich gar nicht, dass ich sie habe und mein Hintern brennt, als würde er gegrillt.“

Vicky lächelte. „Das ist erst der Anfang. Wart erst mal ab, wie es dir morgen geht!“

Carolin kicherte. „Kleiner Tipp: Ich würde an deiner Stelle morgen auf keinen Fall mit dem Fahrrad einen holprigen Weg entlang fahren.“

Conny ging immer noch auf und ab. „Wie wär's denn mit 'nem Computerspiel? Kann ja meinetwegen auch was mit Pferden zu tun haben!“

„Also, was ist jetzt?“ Nick wurde allmählich ungeduldig.

„Lass uns doch abstimmen“, schlug Vicky vor.

„Wer ist für Monopoly?“ Nick zählte die hochgestreckten Finger. „Vier.“

„Wer ist für Karaoke?“ Kein Finger streckte sich in die Höhe, nicht einmal Deborahs.

Nick klatschte in die Hände. „Dann also Monopoly.“

Carolin erwischte einen Stuhl genau gegenüber von Danny. Jedes Mal, wenn sie ein Blick aus seinen blauen Augen traf, wurde sie total nervös. Zweimal schleuderte sie die Würfel so unkoordiniert in die Gegend, dass sie unterm Tisch landeten, wo sie sie holen musste. Wenn

Carolin dann mit hochrotem Kopf wieder auftauchte, lächelte Danny sie an.

Bildete sie sich zumindest ein. Und jedes dieser Lächeln fühlte sich an wie ein warmer Sommerregen.

Nur Sternentänzer kennt die Antwort

Das merkwürdige Kribbeln in Carolins Bauch war am nächsten Morgen noch nicht verschwunden. Sie war immer noch ganz nervös, als sie aufwachte. Bei jedem Gedanken an Danny flutete eine warme Welle durch ihren Körper und in ihrem Bauch rumorte es. Das war ausgesprochen seltsam. Carolin saß am Frühstückstisch und überlegte kurz, ob sie vielleicht krank war. Hatte sie etwas Schlechtes gegessen und davon eine Magenverstimmung? Hatte sie etwa zu viel Kakao getrunken? Aber nein. Dazu fühlte es sich zu gut an. Wie eine LKW-Ladung Waldmeisterbrausepulver.

„Caro, was soll das denn werden, wenn es fertig ist?", unterbrach Ines ihre Überlegungen. Seit ihr Vater Paul ausgezogen war, lebte Carolin mit ihrer Mutter Ines zu zweit zusammen.

„Wie? Was denn?" Carolin schreckte auf.

„Seit wann streust du denn Pfeffer und Salz über dein Müsli?", fragte Ines neugierig lächelnd.

„Huch!" Carolin war so in Gedanken versunken gewesen, dass sie wahllos Dinge genommen und in ihre Morgenmahlzeit gegeben hatte.

Die Mutter schüttelte den Kopf und holte eine saubere Müslischale aus dem Schrank. „Das kommt davon, wenn man nur seine Pferde im Kopf hat."

Pferde? Nein, was Carolin so durcheinander brachte, hatte zwei Beine und die schönsten blauen Augen der Welt.

„Danke, Mam." Nachdenklich löffelte Carolin ihr Schokomüsli in sich hinein.

Mittlerweile war Ines hinter der Zeitung verschwunden. *„Aus Liebeskummer: Frau stürzte sich aus dem sechsten Stock"* war in großen Lettern auf der ersten Seite zu lesen.

„Du, Mam", begann Carolin.

„Was denn?" Ines blätterte zur nächsten Seite.

„Wie fühlt sich das eigentlich an, wenn man verliebt ist?", platzte es auf einmal aus Carolin heraus.

Im Nu legte die Mutter ihre Zeitung zur Seite und starrte sie mit aufgerissenen Augen an. „Wer ist es? Kenn ich ihn? Ist er aus deiner Schule? Du kannst ihn gerne mal mit nach Hause bringen!"

Na toll, dachte Carolin und wäre am liebsten im Küchenboden versunken. *Hätte ich nur meinen Mund gehalten. Ich Vollidiotin. Wie kann man auch nur seine Mutter so etwas fragen?* Laut sagte sie jedoch: „Spinnst du?", und stand so schnell auf, dass ihr Stuhl nach hinten kippte. „Ich doch nicht! Jungs sind doch alle blöd!"

Ines lächelte nur. Sie hatte Carolins heftige Reaktion

richtig gedeutet, doch sie wollte ihre Tochter nicht völlig vergraulen.

„Natürlich, wie konnte ich das vergessen.“

„Ich meine ja nur …“ Carolin zerwühlte sich die Haare, dann fiel ihr Blick auf die Zeitung. „Als ich die Liebeskummer-Schlagzeile gelesen hab, ist mir Claudia eingefallen.“

Ines stützte das Kinn auf die Hände. „Hm, und was ist mit dieser Claudia?“

„Naja, Claudia hat sich in einen Jungen verknallt und ist seitdem total schräg drauf.“

„Aha“, machte die Mutter. „Und wie schräg?“

„Sie, also Claudia, hat so komisches Bauchweh und so“, stammelte Carolin und fühlte, wie ihr Gesicht glühte.

„Tja, ein paar Schmetterlinge gehören schon dazu, wenn man sich verliebt“, war Ines’ Kommentar.

„Und was noch? Ich meine, dann kann ich Claudia davon erzählen.“

Ines lächelte. „Das Gemeine am Verliebtsein ist, dass du dich fühlst wie eine Idiotin. Wenn dein Schwarm auftaucht, bringst du vor Aufregung kein Wort heraus. Du wirst rot und unsicher wie ein Surfer vor der ersten Welle, weil du nicht weißt, was der Junge fühlt. Du bist verwirrt und denkst immer nur an ihn. Du versuchst mit aller Gewalt, deine Gefühle unter Kontrolle zu bringen. Aber dadurch wird es nur noch schlimmer.“

Carolin stellte den Stuhl auf und setzte sich wieder hin. „Das hört sich ja nicht toll an, darauf kann ich echt verzichten.“

„Aber das Schöne an der Liebe ist, dass du selbst am grauesten Novembertag mit strahlender Laune aufwachst und die Welt umarmen möchtest. Sogar in einem Verkehrsstau zaubern die Gedanken an ihn ein Lächeln auf dein Gesicht. Du bekommst Gänsehaut, wenn du nur seine Stimme hörst, die Welt um dich herum versinkt, wenn ihr zusammen seid." Ines seufzte tief. „Das macht dich einfach glücklich."

Carolin sah ihre Mutter an, deren Augen verräterisch glänzten. „War das bei dir und Paps auch so?"

„Oh ja. Am Anfang war es wunderschön mit Paul." Ines sah auf die Uhr. „Huch, schon so spät. Wir müssen uns auf die Socken machen."

Sofort schnappte Carolin ihre Schultasche und schlüpfte in ihre Jacke.

„Komm doch nochmal kurz her!", rief Ines, bevor sie aus der Tür lief.

„Was denn, Mam?"

„Wenn diese Claudia mit diesem Jungen zusammen kommt, müssen sie sich unbedingt Gedanken über die Verhütung machen. Sie sollte mit ihrer Mutter zum Frauenarzt gehen. Ich bin sicher, die begleitet sie gerne."

„Ähm, ja, okay", presste Carolin hervor und machte, dass sie davon kam.

Die ersten Schulstunden hatten sie nacheinander Pfefferbeißer und Strawberry als Lehrer, doch Carolin war das egal. Wie in Trance knetete sie ihre Finger und grübelte. Irgendetwas ganz Merkwürdiges ging da gerade vor, dachte sie. *Ich hab Brausepulver im Bauch, es fühlt sich schön an, wenn ich Danny treffe, ich freu mich andauernd auf ihn, ich denk an ihn, es gibt wohl nur eine Erklärung. Ich bin in Danny verknallt.* Währenddessen erklärte Miss Strawberry das amerikanische Wahlsystem. Doch Carolin war in Gedanken woanders. *Und er? Ob er mich auch mag? Oder findet er mich doof? Und wie kann ich das nur herausfinden?*

In der Pause zog sie Lina in eine ruhige Ecke.

„Du, sag mal …"

Lina steckte einen Strohhalm in ihre Kakaotüte und packte ein Käsebrot mit Tomate aus. Die Hälfte davon reichte sie ihrer Freundin.

„Danke!" Carolin biss hinein. „Sag mal, Lina, warst du eigentlich schon mal verknallt? So richtig? In einen Jungen?"

„Nö, wieso?"

„Nur so", sagte Carolin.

„Wie, nur so?" Lina sah sie forschend an. „Bist du's denn? Ich meine, bist du verliebt?"

„Quatsch!" Carolin schüttelte wild den Kopf. „Natürlich nicht!"

„Warum fragst du dann so was?" Lina sog an ihrem Strohhalm. Dann blickte sie auf, hielt einen Moment inne und lächelte wissend. „Es ist Danny, stimmt's?"

Carolin wich ihrem Blick aus. „Nee!"

„Aha, und deswegen wirst du auch gleich knallrot!"

Carolin wand sich. „Vergiss es!"
Doch Lina ließ nicht locker. „Also? Danny, oder?"
Carolin steckte das letzte Stück Brot in den Mund und betrachtete ihre Schuhe, als hätte sie noch nie in ihrem Leben etwas Interessanteres gesehen. „Naja, ich weiß nicht, irgendwie, ähm …"
„Er ist ja auch voll süß", meinte Lina jetzt, knüllte das Einwickelpapier zu einer kleinen Kugel und schnippte sie in den Papierkorb.
„Findest du?"
„Klar. Und ich glaub, er mag dich auch."
Carolin strahlte Lina an, als hätte die soeben verkündet, dass sie die nächsten drei Jahre schulfrei haben würden. „Meinst du echt?"
Lina zuckte mit den Schultern und nuckelte wieder an ihrem Strohhalm. „Ich glaube schon."
„Aber du bist nicht sicher?", bohrte Carolin. Hier ging es um alles oder nichts.
„Nee." Lina grinste. „Bin ich Danny?"
Carolin seufzte. „Und was, wenn nicht?"
„Pech gehabt", sagte Lina trocken.
Carolin ließ den Kopf hängen. „Das wäre schrecklich …"
Lina sah sie an. „Echt? Ist es so ernst?"
„Schon. Irgendwie. Ich weiß nicht. Es ist so … ein komisches Gefühl. Wenn ich ihn sehe, dann fühlt es sich seltsam an und ich benehme mich seltsam."
„Tja dann." Lina knüllte die leere Kakaotüte zusammen und feuerte sie ebenfalls in den Papierkorb. „Wenn der

Typ so bescheuert ist, dann müssen wir eben nachhelfen."

Carolin sah ihre Freundin erwartungsvoll an. „Und wie?"

„Wir bitten Ami, dass sie uns einen Zaubertrank braut." Lina grinste. „Ein Liebesgetränk. Froschschenkelpulver aufgelöst in Vanille-Cola mit einem Schuss geriebenen Liebesapfel. Wer davon trinkt, entflammt sofort in ewiger Liebe zu dir."

„Sehr witzig." Caro war fast beleidigt.

„Mal im Ernst, warum fragst du nicht Sternentänzer? Er ist der einzige, der dir eine richtige Antwort auf die Danny-Frage geben kann!"

„Stimmt! Daran hab ich noch gar nicht gedacht." Carolin sah Lina mit großen Augen an.

„Tja, wenn du mich nicht hättest." Lina grinste schelmisch. „Wenn mich nicht alles täuscht, ist heute Nacht sogar Vollmond!"

Das Läuten kündigte das Ende der großen Pause an.

„Aber ...", meinte Lina noch, kurz bevor sie ins Klassenzimmer schlüpften.

„Was aber?"

„Willst du wirklich einen Jungen zum Freund, der nicht reiten kann?" Lina amüsierte sich prächtig. „Dein Danny sitzt auf dem Pferd wie ein nasser Sack."

Carolin zuckte die Schultern. „Na und? Kann man ja alles lernen. Ich bring's ihm schon bei!"

Lina breitete theatralisch die Arme aus. „Und dann reitet ihr dem Sonnenuntergang entgegen."

„Sehr witzig“, brummte Carolin und war heilfroh, als Armin Pfefferbeißer endlich für Ruhe sorgte.

Der Mond stand groß, gelb und strahlend hell am nächtlichen Himmel. Nur wenige Sterne blinkten in der Dunkelheit. Gegen Mitternacht kletterte Carolin in einer schwarzen Hose und dem dunkelsten Pulli, den sie gefunden hatte, aus dem Fenster. Sie musste gar nicht übertrieben leise sein: Ines hatte am Abend eine Betriebsfeier gehabt und wohl ein Gläschen zu viel erwischt. Jetzt lag sie seit einer Stunde wie erschlagen auf dem Sofa im Wohnzimmer. Die Mutter schnarchte, dass die Wände wackelten! Nicht einmal ein Pferd im Haus würde sie wecken können.

Kurz vor dem Radständer blickte Carolin auf einmal in das Licht zweier greller Scheinwerfer. „Mist!“ Geblendet duckte sie sich und die Scheinwerfer verschwanden wieder.

„Puh!“ Sie atmete auf und radelte nach Lindenhain so schnell sie konnte. Dort musste sie schon besser aufpassen um keinen Lärm zu machen. Carolin holte Sternentänzer aus dem Stall und ritt los. Der Wind pfiff über die Hügel. Das Pferd schnaubte leise und schlug mit den Hufen weich klopfend auf den grasigen Boden. Ansonsten war es so still, dass Carolin das Gefühl hatte, man könne sie beide meilenweit hören, wenn Sternentänzer gegen einen Stein trat. Als sie die Felder erreicht hatten, galoppierten sie nach Herzenslust los. Es schien, als habe der Hengst nur darauf gewartet, endlich mal wieder in einer Vollmondnacht ausreiten zu können. Ein bisschen mulmig war Carolin allerdings dabei. Schon lange hatte sie Sternentänzers magische Kräfte nicht mehr ausprobiert. Das letzte Mal war noch vor Silbersterns Geburt gewesen. Und damals hatte es nicht geklappt.

Was genau sie fragen wollte, wusste Carolin noch nicht. Je weiter sie sich vom Hof entfernten, desto nervöser wurde sie. Es war schließlich das erste Mal, dass sie Sternentänzer eine so persönliche Frage stellen wollte. Was, wenn sie sich getäuscht hatte? Wenn Danny sich kein bisschen für sie interessierte? Carolin beugte sich nach vorne, drückte sich eng an Sternentänzers Hals und genoss den schnellen Ritt und die gleichmäßigen Bewegungen des Pferdes. Die Luft war frisch und kühlte ihre glühenden Wangen. Sternentänzer sprühte vor Übermut. Er streckte sich und raste dahin. Seine Hufe schienen kaum den Boden zu berühren. Wieder grübelte Carolin: *Und wenn ich gar nichts frage? Einfach nur so reite? Auch wenn heute Vollmond ist? Nein. Ich muss einfach Bescheid wissen ... Wenn ich nur wüsste, ob ich mit Danny zusammen komme!* Im gleichen Moment ging ein Ruck durch den Körper des Pferdes, als hätte es verstanden. Es galoppierte, als wollte es dem Mond entgegen fliegen. Carolin klammerte sich fest. Sie fühlte sich schwindelig, ihr Kopf schien sich zu drehen wie ein Kettenkarussell.

Sternentänzer galoppierte jetzt ruhig dahin. Und da geschah es: Carolin sah wieder die traumhaften Bilder.

Ein paar Linden. Hinter einem Baum stand ein Junge. Danny! Und da, ein Mädchen – sie selbst. Die beiden standen sich gegenüber. Hielten sich an den Händen. Er streichelte ihr Haar, beugte sich langsam zu ihr und sie küssten sich. Das Mädchen legte die Arme um ihn. Eng umschlungen standen die beiden da.

In schneller Folge strömten die Bilder vorbei. Dann wurde das Pferd plötzlich langsamer. Es schnaubte und fiel in den Trab.

„Sternentänzer", keuchte Carolin atemlos und hielt sich an seinem Hals fest. Ihre Hände zitterten, ihr Herz schlug bis zum Hals. Dann wurden sie langsamer und allmählich beruhigte sie sich. Ein warmes, weiches Gefühl breitete sich in ihrem Körper aus. Vom kleinen Zeh bis in die Haarspitzen. „Danny mag mich auch!", flüsterte Carolin in Sternentänzers samtweiche Ohren. „Danke, Sternentänzer. Ich bin ja so glücklich!"

Im Trab ritt sie zurück nach Lindenhain. Carolin konnte es kaum erwarten, Danny wiederzusehen.

Vor der Toreinfahrt fiel Sternentänzer in den Schritt. Auf einmal wollte er gar nicht mehr weitergehen. Er stieß ein schrilles Wiehern aus und legte die Ohren flach an. Den Kopf streckte er weit vor und warf ihn auf und ab.

„He, was ist denn, Sternentänzer?", wunderte sich Carolin. Da krachte es direkt vor ihnen! Das Pferd stieg und sie konnte es kaum noch bändigen. Rote und grüne Blitze zuckten durch die Nacht. Silvesterraketen? Neben dem Stall zischten sie in den Himmel. Bengalische Feuer schickten Hunderte von kleinen Lichtpunkten nach oben. Über dem Hof drehten sich zischende Kreisel. Überall schien es zu knallen, zu blitzen und zu zischen und dazu stank es schwefelig nach verbrannten Feuerwerkskörpern. Aus den Boxen drang unheilverkündendes Poltern.

„Die Pferde! Silberstern!" Carolin sprang zitternd ab und band Sternentänzer in sicherer Entfernung an einen Zaun.

Im Stall donnerten Hufe gegen splitterndes Holz. *Zischschsch,* ein Sternenregen sauste durch den Nachthimmel. Einen Augenblick lang stand Carolin wie gelähmt da. Vor Entsetzen brach ihr der Schweiß aus. Schüttelfrost ließ ihre Zähne aufeinander schlagen. *Verdammt, was mach ich jetzt? Was geht hier ab? Was soll ich nur tun? Die Polizei rufen? Bis die kommen, kann es zu spät sein. Ich muss Silberstern retten!* Wild entschlossen hielt sie sich mit einem Ärmel die Nase zu und rannte in Richtung Stall.

Wer hat die Pferde erschreckt?

Im Stall herrschte Aufruhr. Die Pferde traten gegen die Boxenwände und bäumten sich wiehernd auf. Mit einem Ruck riss Carolin beide Flügel der schweren Holztür weit auf. Die letzten Raketen verglühten. Am Himmel stand nur noch der Mond. Da: Einen Moment lang erblickte sie im Halbschatten an der Stallwand eine Gestalt! In der nächsten Sekunde bewegte sie sich schon und huschte blitzschnell an ihr vorbei – hinüber zu den Koppeln. Carolin erschrak beinahe zu Tode, doch sie zwang sich, in die Richtung zu laufen, in die die Gestalt verschwunden war. Vergeblich. Außer Atem blieb Carolin vor dem Eingang zur Koppel stehen, ließ die Arme sinken und beugte sich keuchend nach vorn.

„Verdammt“, murmelte sie. Zu spät. Längst hatte die Nacht die Gestalt verschluckt. Dann fielen ihr die Pferde wieder ein. Carolin rannte zurück zum Stall um die aufgebrachten Tiere zu beruhigen. Zuerst lief sie zur Box von Cinderella und öffnete vorsichtig die Tür. Silberstern stand ganz eng bei seiner Mutter. Cinderella hielt ihren

Kopf schützend über das Fohlen. Beide zitterten, doch verletzt hatten sie sich nicht. „Silberstern, mein Kleiner!", flüsterte Carolin und streichelte seine weiche Nase. „Alles in Ordnung!" Kurz kraulte sie noch die Ohren von Cinderella, dann kümmerte sie sich um die anderen Pferde, die sich nur langsam entspannten. Marhaba war noch ganz aufgelöst, er tänzelte in seiner Box herum, schnaubte und schlug aus. Erst nach geduldigem Zureden schien sich das Pferd endlich zu beruhigen. Carolin ging von einer Box zur anderen, klopfte den Tieren besänftigend den Hals und sprach mit jedem einzelnen. Da von draußen kein Krach mehr zu hören war, wurden die Tiere allmählich still. Jetzt brachte Caro Sternentänzer in seine Box.

Plötzlich erhellte das Licht einer Taschenlampe den Stall und schwere Schritte waren zu hören. Carolin drückte sich zitternd und mit hochgezogenen Schultern gegen die Wand. Was, wenn die Schattengestalt von vorhin wieder auftauchte? Das Licht kam näher. Die Schritte wurden lauter.

„Was geht denn hier ab?" Es war Gunnars wütende Stimme. „Ist hier jemand?"

Gott sei Dank, Gunnar! Erleichtert ließ Carolin die Schultern sinken und löste sich aus ihrer Starre. „Hier!" setzte sie an, doch nur ein heiseres Piepsen kam aus ihrem Mund. Sie räusperte sich. „Hier! Gunnar, ich bin's, Caro!"

Der Lichtkegel richtete sich direkt auf ihr Gesicht. „Caro?" Gunnar sah sie mit weit aufgerissenen Augen an. „Du?"

„Gunnar! Gott sei Dank … Ich dachte … Bin ich froh!“ Carolin war so erleichtert, dass sie sich am liebsten in seine Arme geworfen hätte.

„Was um alles in der Welt machst du denn hier?“ Gunnar schien vollkommen verdattert.

„Ich … Die Pferde … Die Raketen … Der Krach …“, stammelte sie.

Gunnar knipste das Deckenlicht an, steckte die Taschenlampe in seine Jackentasche und legte den Arm um sie. „Jetzt mal langsam und alles der Reihe nach.“ Er führte sie behutsam aus dem Stall. „Wir gehen jetzt rüber, du trinkst eine schöne heiße Tasse Kakao, beruhigst dich ein bisschen und erzählst, was passiert ist.“

Carolin nickte und lehnte sich erleichtert an ihn. Inzwischen war der Hof hell erleuchtet und auch im Gästehaus brannte überall Licht, was Gunnar mit verärgertem Blick registrierte. Bevor sie sie sich im Gemeinschaftsraum an den Tisch setzten, schickte er Vicky hinüber, um bei den Kindern für Ruhe zu sorgen.

Dann zog er für Caro einen Kakao aus dem Automaten und setzte sich zu ihr. „Also, was ist passiert?“

Carolin nippte vorsichtig an ihrem Becher. „Ich weiß es nicht.“

„Wie, du weißt es nicht?“ Gunnar sah sie an und in seinem Blick stand deutliches Erstaunen. Außerdem war er offensichtlich auch verärgert. „Auf dem Hof ist die Hölle los, die Pferde sind außer sich und ich find dich mitten in der Nacht im Stall. Das musst du mir erklären!“

Der Kakao war heiß und so blies Carolin in den Becher. „Ich wollte die Pferde doch nur beruhigen, die Blitze und die Kracher hatten sie total aufgeregt“, erklärte sie.

Gunnar kratzte sich am Kopf. „Aber was machst du denn mitten in der Nacht im Stall?“

Carolin nahm jetzt einen Schluck. Die warme Flüssigkeit tat gut. „Ich hatte einen Alptraum und konnte nicht schlafen, weil doch Vollmond ist. Und dann wollte ich nach Sternentänzer sehen“, erklärte sie. Gunnar hatte ja keine Ahnung, dass Sternentänzer bei Vollmond eine besondere Gabe besaß. Doch immerhin war er ihr Pferd und sie konnte zu ihm gehen, wann immer sie wollte. Das war schließlich nicht verboten – auch nicht mitten in der Nacht. Und so gab sich Gunnar mit ihrer Erklärung halbwegs zufrieden. Er runzelte die Stirn. „Trotzdem, der Reihe nach: Du warst also im Stall und plötzlich ging draußen der Lärm los.“

„So ungefähr“, nickte Carolin. Dass sie mit Sternentänzer ausgeritten war, musste sie ja Gunnar nicht auch noch auf die Nase binden. „Ich hab versucht die Pferde zu beruhigen und plötzlich war der Spuk vorbei. Ja, und dann bist du gekommen.“

Gunnar tigerte auf und ab. „Der ganze Hof liegt voller abgebrannter Feuerwerkskörper. Ich frag mich echt, welcher Idiot so was macht!“

„Vielleicht waren das irgendwelche durchgeknallten Typen, die sich einen Spaß erlauben wollten?“, überlegte Carolin.

„Kann schon sein“, nickte Gunnar. „Aber als Spaß geht

das nicht mehr durch. Wenn du nicht da gewesen wärst, hätten die Pferde den Stall kurz und klein geschlagen in ihrer Panik."

„Die waren kurz davor", nickte Carolin. „Vor allem Marhaba!"

Gunnar reckte drohend die Faust. „Wenn ich die erwische!"

„Moment mal … Einen hab ich gesehen!", fiel es Carolin plötzlich wieder ein.

Gunnar sah sie mit großen Augen an. „Los, sag schon!"

„Da war ein Schatten, eine Silhouette, eine dunkle Gestalt. Ich bin ihm noch nachgelaufen, aber er war schneller."

Gunnar sah sie an und schüttelte den Kopf. „Bist du denn von allen guten Geistern verlassen? Ihm nachgelaufen? Dir hätte wer weiß was passieren können! Und überhaupt: Tagsüber bist du hier herzlich willkommen, aber nachts solltest tun, was alle tun, nämlich schlafen!"

Carolin ließ den Kopf so tief hängen, dass er beinah den Kakaobecher berührte.

Da packte Gunnar das Mitleid. Er strich ihr über die kurzen Haare. „Aber immerhin war es heute gut, dass du da warst, du hast vielleicht Schlimmeres verhindert. Wie hat denn der Schatten ausgesehen? Klein, groß, breit, schmal?"

Hilflos zuckte Carolin die Schultern. „Keine Ahnung. Es ging alles so schnell."

„Na gut", meinte Gunnar. „Morgen werde ich die Polizei einschalten. Die werden diesen Unruhestifter hoffentlich finden." Er sah auf die Uhr. „Und jetzt fahre ich dich erst mal nach Hause."

„Aber mein Fahrrad!", protestierte Carolin.

Gunnar stand auf. „Keine Widerrede! Komm!"

„Ich kann doch gut selbst zurückfahren", machte Carolin noch einen zaghaften Versuch, doch sie biss auf Granit. „Vergiss es", meinte Gunnar nur.

„Bitte lass Mam noch schlafen, bitte lass Mam noch schlafen, bitte lass Mam noch schafen", murmelte Carolin fast unhörbar vor sich hin, während sie in Gunnars Jeep stieg. Auf noch mehr Stress konnte sie jetzt gut verzichten. Ihre Stoßgebete wurden offenbar erhört, denn als sie ins Haus huschte, lag Ines immer noch auf dem Wohnzimmersofa. Sie hörte sich an, als würde sie im Schlaf ganze Wälder abholzen.

Unterm Sternenhimmel

Am nächsten Tag saß Carolin in ihrer Schulbank wie auf glühenden Kohlen. Pfefferbeißer nervte die Klasse mit einer „Stehgreifaufgabe“, wie er seine fiesen Überraschungstests nannte. „Hefte zu, Bücher weg, dann wollen wir mal euer Wissen prüfen“, hieß es gleich zu Beginn. Und in der zweiten Stunde fand Miss Strawberry einfach kein Ende, so dass die große Pause fünf Minuten kürzer ausfiel. Gerade genug Zeit für Caro, ihrer Freundin Lina die Ereignisse der letzten Nacht zu schildern. Zuletzt hatten sie Sport. Ausgerechnet heute wollte die Lehrerin ihre Schützlinge mal wieder mit Schwimmen erfreuen. Normalerweise wäre das eine Superidee gewesen. Denn Carolin wollte es endlich lernen. Doch heute wollte sie nach dem Unterricht so schnell wie möglich nach Lindenhain. Wenn sie nun duschten, sich abtrockneten, anzogen und dann noch die Haare fönten, kostete das wertvolle Minuten. Carolins kurze Haare trockneten schnell, doch Lina musste mit ihrem langen Wuschelhaar immer ewig unter der Warmluft sitzen.

„Bist du jetzt fertig?“ Carolin tippelte nervös von einem Fuß auf den anderen. „Sieht schon fast trocken aus.“

Lina warf gelassen noch eine Münze nach. „Ich bekomme immer Kopfweh von nassen Haaren.“

„Dann zieh doch einfach eine Mütze auf“, schlug Carolin vor.

„Quatsch! Draußen ist es warm und die Sonne scheint.“

„Na also, dann trocknen die Haare doch gleich.“

„Caro, du nervst!“ Lina hielt ungerührt weiter ihre Haarpracht unter den Fön. „Ein paar Minuten hin oder her, was macht das für einen Unterschied?“

„Dass ich in der Zwischenzeit vielleicht vor Ungeduld platze!“

Lina bückte sich und kramte in ihrer Tasche, dann zog sie eine kleine Dose heraus. „Hier.“

„Was soll ich denn damit?“

„Das sollst du dir in die Haare kneten“, meinte Lina, nahm eine dicke Locke in die Hand und hielt sie in den warmen Luftstrom.

„Wie bitte?“

„Das ist Glanzgel. Hat mir Ami gemixt. Deine Haare werden ganz weich, wenn du sie damit eincremst.“

„Aha, wirst du jetzt zur Tussi? Kommt als nächstes Lidschatten und Lippenstift?“, zog Carolin die Freundin auf.

Lina musste grinsen. „Logo. Und French Maniküre für meine Fingernägel. Reiten kann ich dann natürlich nicht mehr, weil sie sonst abbrechen. Nee, im Ernst: Ich hab einfach keine Lust mehr, stundenlang jeden Morgen meine Haare zu kämmen und mit der Creme geht das ganz leicht."

„Mit ist schon aufgefallen, dass deine Haare in letzter Zeit irgendwie anders aussehen. Nicht mehr ganz so chaotisch."

„Versuchs doch auch mal!" Lina warf noch eine Münze in den Fön.

Carolin sah in den Spiegel. „Hast du dich mit meiner Mutter verbündet? Ich finde meine Haare voll okay." Sie lächelte. „Aber die Creme wäre doch genial für Sternentänzers Mähne!"

Sofort riss Lina ihr die Dose aus der Hand. „Untersteh dich!"

Eine gute Stunde später waren sie endlich nach Lindenhain geradelt. Der Hof lag da wie ausgestorben. Die Stalltür stand weit offen und alle Pferde waren weg. Nicht einmal die Hunde und die Katze Eulalia ließen sich blicken. Nur einer war da: Mutterseelenallein hockte Gunnar auf der Bank unter der großen Linde, paffte vor sich hin und blies Rauchkringel in die Luft.

„Er raucht wieder!", raunte Carolin.

„Schlechtes Zeichen."

Die Mädchen stellten ihe Räder ab und liefen zu ihm. „Weißt du schon, wer das heute Nacht war?" fragte Carolin.

„Wie? Ach, ihr seid es ..." Gunnar schien mit seinen Gedanken ganz woanders zu sein.

„Die Raketen gestern Nacht!" Carolin setzte sich rechts neben ihn, Lina auf die andere Seite.

„Noch nicht." Gunnar sog so stark an der Zigarette, dass sich in seinen Wangen zwei Vertiefungen bildeten. „Vermutlich ein paar dumme Jungs. Eine Mutprobe vielleicht, oder so was Ähnliches."

„Zum Glück ist nichts weiter passiert", nickte Carolin.

Gunnar schnippte die Zigarette auf den Boden. „Wenn ich die erwische, denen ziehe ich die Ohren lang, darauf kannst du Gift nehmen", knurrte er mit finsterem Gesicht.

Auf einmal kam Caro ein unguter Gedanke. „Und was, wenn es Frank Stone war?" Frank Stone war der frühere Besitzer von Sternentänzer und hatte schon für manchen Ärger auf Lindenhain gesorgt. Einmal hatte er Sternentänzer in einem Schuppen im Wald eingesperrt. Und seine habgierige Rechtsanwältin hatte die hochschwangere Stute Cinderella entführt, weil sie das Fohlen an sich reißen wollte.

Einen Moment lang schien Gunnar über ihre Worte nachzudenken, dann schüttelte er den Kopf. „Passt gar nicht zu ihm."

„Aber du müsstest es doch am besten wissen", meinte Lina zu ihrer Freundin. „Du hast doch als einzige diese Gestalt gesehen, hätte das Stone sein können?"

Carolin musste gar nicht lange überlegen. „Nein, sicher nicht. Stone ist viel größer und breiter und ich hätte es bestimmt auch gespürt, wenn er es gewesen wäre." Sie atmete tief durch. „Weißt du, Gunnar", setzte sie leise hinzu, „manchmal träume ich immer noch von ihm. Dass er es doch noch schafft, mir Sternentänzer wegzunehmen. Und Silberstern dazu."

Gunnar legte den Arm um sie. „Keine Sorge, Caro. Ein Gauner wie er gibt sich nicht mit Feuerwerksknallern ab. Hätte auch gar keinen Sinn, Pferde zu erschrecken. Nee.“

„Das war echt das Letzte“, meinte Vicky, die dazu kam und den letzten Satz gehört hatte. „Hilflose Pferde so in Panik zu versetzen.“

„Blöd ist auch, dass Conny die Geschichte schon seinen Eltern erzählt hat“, meinte Gunnar dann. „Denn der fand das wohl ziemlich witzig. Seine Eltern haben sich aber gar nicht amüsiert darüber, dass ihr Sohn auf einem Reiterhof ist, wo nachts Silvesterraketen losgehen. Die haben natürlich sofort bei mir angerufen und sich beschwert.“

„Oh jeh“, machte Carolin.

Gunnar zog schon wieder eine Zigarette aus der Schachtel. „War gar nicht so einfach, die zu beruhigen!“

Vicky sah besorgt aus. „Das hört sich dann an, als hättest du keine Kontrolle über den Hof.“

„Und wenn sich das rumspricht“, nickte Gunnar „kann ich meine Ferienreiterhofpläne in der Pfeife rauchen!“

„Naja“, wiegelte Vicky ab. „Noch ist es ja nicht soweit.“

Carolin sah sich suchend um. „Wo ist eigentlich die Landschulheimgruppe?“

„Unterwegs mit Nick“, erklärte Vicky. „Müssten eigentlich jeden Moment zurück sein. Ach, heute ist übrigens Kinoabend für die Landschulheimkinder. Habt ihr beide nicht Lust mitzukommen?“

Lina reagierte als erste. „Cool, klar, wir sind dabei,

stimmt's, Caro?“ Sie drehte sich hinter Gunnars Rücken zu ihrer Freundin und zwinkerte ihr zu.

„Ja, klar!“, meinte Carolin.

„Prima“, freute sich Vicky. „Wir treffen uns um halb acht am Kino.“

„Warum hast du eigentlich gleich zugestimmt?“, erkundigte sich Carolin, als sie mit Lina zum Stall ging.

Die schlug sich mit der flachen Hand gegen die Stirn. „Mensch! Kino – Danny – kapierst du's jetzt?“

Doch Carolin verstand nichts.

„Danny geht doch bestimmt auch mit ins Kino, du musst nur noch versuchen, einen Platz neben ihm zu ergattern und bingo!“

„Meinst du echt?“

„Na klar! Ihr greift beide in die gleiche Popcorntüte, zufällig berühren sich eure Hände …“ Lina schickte einen gespielt schmachtenden Blick zu ihrer Freundin.

Carolin griff nach dem Schwamm aus Sternentänzers Wassereimer. „Pass bloß auf …“, grinste sie und tat, als wollte sie gleich werfen. Insgeheim klopfte ihr Herz nun ein paar Takte schneller. So sehr freute sie sich auf den Abend.

Als der endlich begann, stand Carolin mit flauem Magen vor dem Kino. Es war viertel vor acht und alle anderen waren schon drin. Sollte sie noch auf Lina warten? Da kam die Freundin auch schon um die Ecke geschossen.

„Bist du aber mal schick", feixte sie. „Die Wickelbluse hab ich ja noch nie an dir gesehen!"

„Ach was", wehrte Carolin verlegen ab. „Ganz altes Teil." Schließlich brauchte niemand zu wissen, dass sie eine geschlagene Stunde vor ihrem Kleiderschrank verbracht und fünf Outfits probiert hatte. Die Bluse stammte aus der Boutique von Ines' Freundin Florentine.

„Was ist denn jetzt los?", fragte Lina, als Carolin zögernd vor der Tür stehen blieb.

„Eigentlich hab ich gar keine Lust auf Kino."

Doch Lina zog sie hinein. „Angsthase, kneifen gilt nicht!"

Im Saal war es stockdunkel. Der Film hatte bereits begonnen. Die Kinder vom Landschulheim saßen in der dritten Reihe: mittendrin Danny, rechts neben ihm Giulia, links Deborah.

„War taktisch unklug, zu spät zu kommen", raunte Lina.

„Ja, leider", gab Carolin enttäuscht zurück.

Sie ließ sich neben Lina in den Kinosessel fallen. Jedesmal, wenn sie Dannys Stimme hörte, schnürte es ihr Herz zusammen. Er lachte mit Deborah und Giulia, während sie wünschte, sie wäre nicht mitgekommen.

„Superidee, der Kinobesuch!", maulte Carolin missmutig in Linas Ohr.

„Konnte ich ja auch nicht wissen", gab Lina zerknirscht zurück. „Aber der Film ist doch nicht schlecht! Soll ich Popcorn holen?"

„Keine Lust!"

Endlich war der Film zu Ende. Der Abspann lief und

die Lichter gingen wieder an. Schnell lief Carolin in Richtung Ausgang. *Nix wie weg*, dachte sie.

Doch auf einmal erschien Danny neben ihr. „Hey, hallo.Wie fandest du den Film?“

Carolin zuckte die Achseln. Sie war unfähig auch nur einen Ton herauszubringen.

„Am besten war doch die Szene, als sich der Herr der Finsternis und die Warzenkröte diesen Kampf lieferten. Wumm, zack, wumm.“ Er fuchtelte wild durch die Luft. „Was meinst du?“

Carolin nickte zustimmend. „Ja, die Stelle fand ich auch voll cool …“, stimmte sie eifrig zu obwohl sie sich an nichts erinnern konnte. Eigentlich hatte sie die ganze Zeit über nur abwechselnd wutentbrannt und traurig auf die Leinwand gestarrt.

„Fährst du noch mit uns nach Lindenhain oder musst du jetzt gleich heim?“, erkundigte sich Danny, als sie im Foyer standen und auf die anderen warteten. Als er sie wieder mit seinen blauen Augen anschaute, schmolz Carolin dahin und änderte ihre Pläne umgehend. „Ich muss auch nach Lindenhain, ich wollte noch mal nach Sterntänzer sehen“, behauptete sie. Carolin wollte jetzt einfach noch ein bisschen mit ihm zusammen sein.

„Prima.“ Danny freute sich sichtlich. Die Schmetterlinge in Carolins Bauch sausten herum wie eine Horde aufgescheuchter Hühner.

Es war schon recht spät, als Danny sie zu ihrem Rad brachte. Er guckte in den Himmel. „Siehst du den Stern da hinten? Das ist der Abendstern und das dahinter …" Er deutete mit dem Finger nach oben, „… das ist das Lächeln des Himmels."

„Klingt schön", meinte Carolin. „Was ist das?"

„So nennt man das Sternbild „Steinbock" mit einem anderen Ausdruck."

„Du kennst dich ja aus!", staunte Carolin.

„Ein bisschen", nickte Danny, „Mein Vater beschäftigt sich mit Astronomie und hat ein Riesenteleskop bei uns auf dem Dachboden aufgestellt. Jedesmal, wenn am Himmel eine besondere Sternenkonstellation auftaucht, müssen wir alle gucken kommen, egal zu welcher Tages- oder Nachtzeit." Danny grinste. „Da lernst du was, ob du willst oder nicht!"

„Cool", meinte Carolin und blieb unschlüssig stehen. *Sag was,* dachte sie, *irgendwas.*

„Hm", machte er dann. „Also, wenn du mehr über Sterne wissen willst …"

„Klar, gerne." Carolin nickte schnell. Sie hätte zu allem Ja gesagt, selbst wenn er ihr angeboten hätte zu erklären, wie der Motor eines Traktors funktioniert.

„Heute ist eine so schöne klare Nacht, hast du Lust noch ein bisschen spazieren zu gehen und Sterne zu gucken?"

Carolins Herz schlug Purzelbäume vor Freude. „Gern. Sterne finde ich auch super interessant!"

Dicht nebeneinander schlenderten sie hinüber zur Koppel. Sie gingen so nah nebeneinander her, dass sich immer wieder berührten.

„Wusstest du, dass Sterne geboren werden und sterben, genau wie wir?“

„Echt?“

Danny nickte. „Nur die Zeit, in der sie leben, ist unvorstellbar lang. Ein Stern lebt sechs bis acht Millionen Jahre.“

Er schien ganz in seinem Element. „Sie werden in großen Gas- und Staubwolken geboren. Wenn du mal durch das Fernglas siehst, dann entdeckst du unter dem Sternbild Orion einen milchigen Fleck. Das ist der Orionnebel.“

„Wow!“ Carolin lauschte so andächtig, als würde er gerade die ultimativen Geheimtipps für die Pferdezucht verkünden.

„Hast du dir schon mal überlegt, was so ein Stern die ganze Zeit macht?“

Carolin zuckte die Schultern. „Keine Ahnung – Leuchten?“

Danny schüttelte den Kopf. „Sterne erzeugen ihre Energie durch Umwandlung von Wasserstoff in Helium. Damit verbringen sie die meiste Zeit ihres Lebens. Wenn der Vorrat an Wasserstoff aufgebraucht ist, sterben sie.“

Carolin beobachtete ihn aus den Augenwinkeln. Es beeindruckte sie, dass er so viel wusste.

„Wie weit geht eigentlich das Gelände vom Reiterhof?“, fragte Danny auf einmal.

Carolin deutete in die Ferne. „Siehst du die großen Linden auf der Anhöhe? Von denen hat Lindenhain übrigens seinen Namen. Dort ist die Grenze."

„Ich liebe alte Bäume", erzählte Danny. „Sie sind so gewaltig und stark. Fest und unerschütterlich stehen sie auf dem Boden. Nichts kann sie umhauen."

„Stimmt eigentlich", meinte Carolin und beschloss künf´tig mehr über Bäume nachzudenken. Und über Sterne.

„Immer, wenn's uns schlecht geht, kocht meine Mutter Lindenblütentee." Danny schüttelte sich. „Schmeckt scheußlich, hilft aber." Er lächelte. Manchmal gebe ich heimlich ein paar Löffel Honig rein. Mutter meint immer, was gut schmeckt, hilft nicht."

„Seltsame Theorie." Carolin sah ihn an. „Hast du eigentlich Geschwister?"

„Ja", meinte Danny kurz angebunden. Plötzlich verschloss sich seine Miene. Seinem finsteren Gesichtsausdruck nach war klar, dass er über dieses Thema nicht weiter reden wollte.

„Ich dachte nur, weil du vorhin uns gesagt hast. Ich hab übrigens keine Geschwister", sagte Carolin verunsichert. Er gab keine Antwort. Schweigend gingen sie weiter.

„Was meinst du?", fragte Danny dann wieder mit normaler Stimme, als wäre nichts gewesen. Er deutete hoch zu den Bäumen auf der Anhöhe. „Wollen wir da hingehen?"

„Können wir machen", nickte Carolin.

Während sie die Anhöhe hinaufstiegen, erklärte Danny ihr jeden leuchtenden Fleck am Himmel.

„Los, komm, wir laufen um die Wette“, rief er plötzlich übermütig und spurtete los.

„Wer zuerst oben bei den Linden ist!“

Dagegen hatte Carolin natürlich keine Chance. Als sie endlich heftig schnaufend oben ankam, lehnte Danny bereits ganz lässig an einer Linde und lächelte sie an.

„Gewonnen!“

„Du hattest Vorsprung“, ächzte Carolin und lehnte sich neben ihn an die Linde, während sie heftig nach Luft schnappte.

„Ich find's schön, dass wir mal so alleine sind“, meinte Danny in die Stille hinein.

„Hm.“

„Du Caro“, begann er dann leise.

„Hm?“

„Ich finde dich …“ Er errötete und geriet ins Stottern. „Wie du das so machst mit den Pferden und so. Das find ich voll cool und es sieht auch cool aus, wenn du auf Sternentänzer reitest, und …“ Er nagte an seiner Unterlippe. „Ich … Na ja, süß find ich dich auch … und ich wollte dich fragen …“

„Was denn?“, erwiderte Carolin. Ihr Herz schlug bis zum Hals. Sie lauschte seinem Gestammel so gespannt, als habe sie in der Losbude den Hauptgewinn gezogen und warte jetzt darauf, dass ihr Name aufgerufen würde.

„Ich, na ja …“ Jetzt grub er seine Hände tief in die Hosentaschen und trat verlegen von einem Bein auf das andere. „Ich wollte dich fragen … na ja, ob du mich auch irgendwie magst.“

Und wie! wollte Carolin schreien. Aber heraus brachte sie nur ein relativ nüchternes: „Doch, schon". Danny schien das zu genügen. „Echt?" Ein Strahlen ging über sein Gesicht. „Wow!" Jetzt traute er sich, ihre Hand zu nehmen. Sehr sanft strich er ihr übers Haar und beugte sich langsam zu ihr. Ganz nah war sein Gesicht jetzt. Carolin schloss instinktiv die Augen. Sie spürte seinen Atem und roch Lakritze. Der Lakritzgeruch wurde stärker und sie fühlte eine leichte Berührung. Hauchzart lagen seine Lippen auf ihren. Zuerst nur ganz kurz und dann küsste er sie noch einmal. Jetzt drückten sich ihre Lippen fester aufeinander. Ihre Münder öffneten sich und schienen miteinander zu verschmelzen. Ein warmer Strom lief durch ihren Körper. Die Zeit schien wie eine wunderschöne Ewigkeit. Als sie ihre Augen wieder öffnete, sah sie direkt in seine, die mit den Sternen um die Wette schimmerten. Beide lächelten sich an und standen einander Hand in Hand gegenüber. Auf einmal fröstelte Carolin und ihre Zähne begannen ganz leicht aufeinander zu schlagen.

„Ist dir kalt?", fragte Danny.

Carolin schüttelte den Kopf, doch er legte die Arme um sie. Er küsste sie auf die Stirn und auf die Haare. Überglücklich kuschelte sich Carolin in seine Umarmung und schlang ihre Arme um ihn.

Nach einer Weile löste sich Danny sanft, griff in seine Anoraktasche und zog ein rotes Schweizer Taschenmesser heraus. Dann suchte er den Stamm der knorrigen Linde nach einer geeigneten Stelle ab.

„Hier." Er setzte das Taschenmesser an und ritzte ein großes ‚C' in die Rinde. Daneben ein großes ‚D'. In die Mitte ein dickes ‚+'. Um die Buchstaben herum schnitzte er ein Herz. „‚C+D'", las er dann laut vor, klappte das Messer wieder zusammen und steckte es zurück in seinen Anorak. „Carolin und Danny."

„Schön", flüsterte Carolin andächtig und fuhr mit den Fingerspitzen das Herz nach. Erst in diesem Augenblick schoss ihr der Gedanke durch den Kopf, dass alles genau so war, wie sie es nachts auf Sternentänzers Rücken gesehen hatte.

Danny ließ sich auf den Boden unter der Linde fallen. „Komm." Er zog sie neben sich. „Setz dich zu mir."

Eine Weile saßen sie da und beobachteten eng umschlungen den Sternenhimmel. Carolin konnte sich nicht erinnern, jemals so glücklich gewesen zu sein. „Erzähl mir was von dir, Danny", flüsterte sie dann. „Wie ist es in deiner Stadt? Wie sieht es in deinem Zimmer aus? Ich will alles von dir wissen."

Statt einer Antwort zog Danny seinen Arm zurück und stand auf. „Es ist schon spät. Ich schätze, wir sollten mal langsam wieder zurückgehen."

„Stimmt", nickte Carolin und wunderte sich. Es war schon das zweite Mal, dass er auf eine Frage nach seinem Zuhause so merkwürdig reagierte. Aber wahrscheinlich war er einfach etwas schüchtern. *Wir haben ja noch so viel Zeit*, dachte Carolin und freute sich auf jeden Tag, den sie von nun an mit Danny verbringen würde. Und wenn seine Zeit auf Lindenhain vorbei war, dann würden sie sich abwechselnd am Wochenende besuchen. Und in sämtlichen Ferien.

All diese Gedanken schossen ihr durch den Kopf, als sie Hand in Hand mit Danny zurück auf den Hof wanderte. Als sie dort angekommen waren, nahm Danny ihr Gesicht zärtlich in seine Hände und küsste sie noch einmal. „Gute Nacht, Caro", murmelte er.

„Ich will mich noch kurz von Sternentänzer verabschieden, wartest du noch?", antwortete Carolin. *Schließlich muss ich Sternentänzer ja noch sagen, dass seine Prophezeiung eingetroffen ist*, dachte sie.

„Okay, ich warte draußen", meinte Danny.

„Willst du nicht mitkommen?"

„Ach nee. Ich warte hier auf dich." Er gab ihr einen Kuss auf die Nasenspitze.

„Bin gleich wieder da." Wie auf Wolken schwebte Carolin in den Stall.

Kurz darauf zerriss ein Entsetzensschrei die abendliche Stille.

Pony in Not

„Danny! Komm schnell!“, schrie Carolin aus dem Stall. „Koooomm!“

Er rannte zu ihr.

Carolin kniete bei dem Pony Sophia. Dessen Fell war feucht verschwitzt. Sophia warf sich wild auf dem Stroh hin und her. Die Augen rollten, so dass man das Weiße sah. Sophia schnaubte und hatte Schaum vor dem Maul. So verharrte sie einen Moment auf dem Rücken. Ihr Leib dampfte.

„Sophia!“, rief Carolin, zutiefst erschrocken. „Sie kommt um vor Schmerzen. Los, Danny, hol Gunnar, er muss Doktor Schulz rufen! Mach schnell! Sophia stirbt!“ Vorsichtig näherte sie sich mit der Hand Sophias Bauch und streichelte sie. Das Tier war völlig erschöpft. Carolin spürte das nasse Fell unter ihren Fingern und fühlte wie sich Panik in ihr breit machte. Sie überlegte fieberhaft. Was hatte Sophia bloß? Heute Mittag war es ihr noch gut gegangen! Die Flanken des Pferdes zitterten.

„Sophia“, flüsterte Carolin.

„Was ist denn los?“ Danny stand wie angewurzelt vor ihr. Leichenblass. Der Anblick des kranken Ponys schien ihn zu lähmen.

„Los, Mensch, hol Hilfe!“

„Was ist denn mit dem Pony?“, stammelte der Junge stattdessen.

„Vielleicht hat sie was Falsches gefressen, was weiß ich? Lauf endlich los, Danny!“ Was war denn nur mit ihm los?

Endlich setzte der Junge sich in Bewegung und rannte zum Haupthaus. Währenddessen redete Carolin beruhigend auf das Tier ein. „Sophialein, Süße, alles wird wieder gut!“, stammelte sie so beherrscht wie möglich. „Alles wird wieder gut, gleich kommt der Doktor und hilft dir. Ruhig, meine Süße, beruhige dich doch. Schschsch, ganz ruhig.“

Mit weit offenen, kohledunklen Augen sah das Pony sie an, als wollte es sagen: Tu doch was! Hilf mir! Carolin stiegen beim Anblick des leidenden Tieres die Tränen in die Augen, doch sie zwang sich, ruhig zu bleiben.

Die Zeit des Wartens dehnte sich wie eine Ewigkeit, bis endlich Danny, Gunnar und Doktor Schulz angerannt kamen. Glücklicherweise war der Tierarzt gerade bei Gunnar gewesen, um sich zu verabschieden. Denn er ging in den Ruhestand.

„Sophia hat eine schlimme Kolik, glaub ich“, brüllte ihnen Carolin von weitem entgegen. „Irgendwas mit dem Bauch. Doktor Schulz, muss Sophia jetzt sterben?“

„Hat das Pferd was Giftiges erwischt?“, fragte Doktor

Schulz sachlich, während er seine Jacke auszog und die Ärmel hochkrempelte. Carolin sah ihn fragend an.

„Zum Beispiel Tollkirschen, unreife Eicheln, Buchsbaumblätter oder Oleander?“

Gunnar zuckte die Achseln. „Eicheln gibt's hier nirgends. Buchsbäume hab ich auch noch keine gesehen Höchstens Oleander. Wir haben einen Strauch im Garten.“

„Sophia knabbert alles an, was nicht niet- und nagelfest ist“, ergänzte Carolin eifrig. „Ist denn eine Oleandervergiftung schlimm?“

Mit einer Handbewegung scheuchte der Tierarzt alle Anwesenden zur Seite und untersuchte das Pony vorsichtig mit Hilfe eines Stethoskopes. Während dessen ging Carolin unruhig in der Stallgasse auf und ab. Da nahm Danny ihre Hand. Schüchtern streichelte er über ihre Haare. „Du wirst sehen, deine Sophia übersteht das“, flüsterte er ihr dabei ins Ohr und durch Carolin flutete eine warme Welle voller Liebe und Zärtlichkeit. Dankbar lehnte sie sich an seine Schulter und wurde gleich ruhiger. „Bin ich froh, dass du da bist“, flüsterte sie. Dabei fühlte sie sich beinahe ein wenig schuldig, weil sie so glücklich war, obwohl es der armen Sophia schlecht ging.

Nach einer halben Stunde gab Doktor Schulz Entwarnung. Mit einem erschöpften Lächeln kam er aus Sophias Box.

„Wie sieht es aus, Doc?“, erkundigte sich Gunnar besorgt. Auf seiner Stirn unter dem Cowboyhut standen tiefe Sorgenfalten.

„Alles halb so schlimm." Der Tierarzt wusch sich die Hände bis zu den Oberarmen und schlüpfte in seine Jacke.

Carolin packte ihn am Ärmel. „Was ist? Wie geht es ihr? Kommt sie durch? Sagen Sie schon!"

„Wenn du mich mal zu Wort kommen lässt: Sophia wird es überleben. Es geht ihr den Umständen entsprechend nur mittelprächtig, aber sie hat das Schlimmste hinter sich. Vorerst wird sie noch nichts fressen. Wenn sie aufsteht, könnt ihr sie ein bisschen an der Longe führen. Keine großen Sprünge, das versteht sich wohl von selbst."

„Gott sei Dank." Gunnar setzte seinen Cowboyhut ab und strich sich über die Stirn. „Danke Doktor Schulz. Wir müssen unbedingt aufpassen, dass sie nicht alles frisst." Er schaute besorgt drein. „Vicky wird sich wohl von ihrem Oleander verabschieden müssen."

Der Arzt packte seine Utensilien in einen geräumigen Koffer. „Ich fürchte, das ist es nicht."

„Wie meinen Sie das?" Gunnar sah ihn erstaunt an.

„Sophia hatte keine giftige Pflanze erwischt, das Pferd hatte Rattengift im Magen."

„Rattengift!", wiederholte Carolin entsetzt.

Gunnar starrte den Arzt wortlos an. „Ganz sicher?"

„Ich habe ihr den Magen ausgepumpt. Weil es schnell gehen musste hier, statt in der Klinik. Und da war es klar."

Carolin hielt sich die Hand vor den Mund.

„Ich fasse es nicht!", murmelte Gunnar tonlos.

„Es ist aber so. Alle typischen Anzeichen waren da. Nur

gut, dass Carolin sie rechtzeitig gefunden hat!", meinte der Doktor und klopfte dem Mädchen auf die Schulter. „Du hast ihr vermutlich das Leben gerettet. Sie braucht jetzt erstmal Ruhe." Er wandte sich an Gunnar. „Ihr müsst unbedingt vorsichtiger sein mit solchen gefährlichen Chemikalien! Gegen Ratten kann man auch gut Fallen aufstellen. Die bekommt man im Baumarkt."

„Chemikalien?" Gunnar sah ihn aufgebracht an. „Wir haben überhaupt keine Probleme mit Ratten auf Lindenhain und es gibt auch nirgends Rattengift! So was käme mir nie auf den Hof!"

„So?" Doktor Schulz sah ihn erstaunt an. „Irgendwo muss das Pferd das Gift aber erwischt haben. Wie auch immer. Wenn Komplikationen auftreten, rufen Sie mich an!"

Der Tierarzt verließ den Stall.

Gunnar lehnte blass und regungslos an der Stallwand. Carolin hielt Dannys Hand umklammert. Es herrschte bedrückende Stille im Stall. Ab und zu war ein Schnauben zu hören, ein leises Rascheln, doch niemand sagte ein Wort.

Schließlich regte sich Gunnar als Erster. Mit schweren Schritten und hängenden Schultern ging er aus dem Stall. Carolin sah ihm nachdenklich hinterher.

„Es hat ihn ganz schön getroffen", meinte Danny in die Stille hinein.

„Was denkst du denn!", fuhr Carolin ihn an. „Sophia wurde vergiftet. Mit Rattengift. Vergiftet, verstehst du? Was sind das nur für Menschen, die unschuldigen Pferden so was antun?"

Danny überlegte. „Es muss doch nicht unbedingt Absicht gewesen sein. Vielleicht hat Gunnar ja doch ein bisschen Gift gestreut und es einfach vergessen. Vielleicht war es nur ein Unfall."

Carolin schüttelte den Kopf. „Niemals. Wenn Gunnar sagt, dass er hier kein Rattengift hat, dann ist es so!"

Danny hob hilflos die Arme. „War ja nicht bös gemeint. Hätte ja sein können. Ratten sind schließlich superekligе Viecher."

„Ich weiß nicht", grübelte Carolin. „Wo gibt's eigentlich Rattengift? Ich meine, du kannst ja wohl nicht einfach in den Supermarkt gehen und eine Portion kaufen?"

„Übers Internet vielleicht, da bekommt man ja alles."

„Kann gut sein", murmelte Carolin. „Oh mein Gott!" Sie ließ auf einmal Dannys Hand los und fuhr sich mit beiden Händen durch die Haare. Das tat sie immer, wenn sie nicht mehr weiter wusste. „Was, wenn Sternentänzer was passiert? Wenn er was von dem Zeug erwischt? Wenn er vergiftet wird? Oder Silberstern?" Ihre Stimme überschlug sich vor Aufregung. „Stell dir mal vor, das arme kleine Fohlen kriegt Rattengift ab." Die Vorstellung, Silberstern könnte sich so schmerzvoll am Boden wälzen wie Sophia, ließ sie erneut nahezu panisch werden.

Beruhigend legte Danny ihr den Arm um die Schulter. „Ich bin ganz sicher, dass deinem Pferd nichts passieren wird", sagte er. Wie er das mit seiner schönen warmen Stimme sagte, spürte Carolin auf einmal, dass er Recht hatte. Dass Sternentänzer und Silberstern nichts geschehen würde. Sie glaubte ihm. Nur dieses merkwürdige Grummeln im Bauch konnte sie nicht genau deuten. *Wahrscheinlich liegt mir der Schreck noch im Magen*, dachte Carolin und schob das merkwürdige Gefühl zur Seite.

Carolin unter Verdacht

Am nächsten Morgen blies ein sanfter Wind die rot-weiß gestreiften Gardinen zur Seite und Sonnenstrahlen tanzten über den Boden in ihrem Zimmer. Carolin räkelte sich und öffnete die Augen. *Danny* war ihr erster Gedanke. *Danny, Danny, Danny, Danny.* Sie berührte ihren Mund. Schloss die Augen und erinnerte sich an den Moment, als ihre Lippen mit denen Dannys verschmolzen waren. Dann sprang Carolin aus dem Bett und eilte auf nackten Füßen zum Fenster. Sie wollte tanzen, singen und pfeifen vor Glück. Doch dann fiel ihr Sophia ein. Wie das arme Pferd sich verzweifelt auf dem Boden gewälzt hatte. Nie wieder würde sie es vergessen können. Gott sei Dank war Sophia am Leben. Also durfte auch Carolin glücklich sein. Sie sprang aus dem Bett und lief mit nackten Füßen durchs Zimmer. Heute war Samstag und deswegen schulfrei. Das bedeutete, dass sie einen ganzen, wunderschönen Tag in Lindenhain verbringen konnte. *Ob er mich heute noch mal küsst?*, überlegte Carolin, während sie ihre Zähne putzte. *Wie es wohl sein wird, wenn ich ihn jetzt gleich wieder sehe?*, fragte sie sich, während sie gedankenverloren ihre Haare bürstete. Schon wieder krabbelte ein ganzes Ameisenvolk durch ihren Bauch.

„Guten Morgen." Ines erschien in der Badezimmertür und lehnte sich mit verschränkten Armen in den Rahmen. Sie musterte ihre Tochter. „Du hast so schöne dicke Haare, Caro, willst du sie nicht doch mal länger wachsen lassen?"

„Mam, nicht schon wieder!" Carolin verdrehte die Augen. Ines sähe sie wohl am liebsten mit langen Zöpfen und in netten Kleidchen. Dass Mütter ein Nein einfach nicht akzeptieren konnten!

Ines lächelte. „Ich hab die Hoffnung noch nicht ganz aufgegeben."

„Vergiss es!", antwortete Carolin.

„Wollen wir mal wieder was zusammen unternehmen? Heute zum Beispiel? Ins Kino gehen oder Schwimmen oder Eis essen?" Solche Anwandlungen befielen Ines ungefähr alle sechs Wochen. Regelmäßig plagte sie das schlechte Gewissen, weil sie so viel arbeiten musste und so wenig Zeit für ihre Tochter hatte.

Carolin zuckte die Schultern. „Im Kino läuft nichts Gutes, Eis essen waren wir gerade und Schwimmen lerne ich erst im Sportunterricht." Bei diesem Gedanken lächelte Carolin. Sie erinnerte sich an den Nachmittag am See, als Lina versprochen hatte, ihr das Schwimmen beizubringen. Es war damals gewesen, als sie Lina Sternentänzers Geheimnis verraten hatte.

Doch Ines ließ nicht locker. „Oder ich koch uns mal

wieder was Gutes. So was Exotisches, wie du es gerne magst? Heute Mittag?"

Doch Carolin dachte an Danny und schon wurde ihr flau im Magen. „Ich wollte eigentlich heute Mittag gleich los nach Lindenhain."

Ines sah sie bittend an. „Aber da bist du doch jeden Tag."

Carolin zuckte die Schultern. „Na und?"

„Sag mal", setzte Ines nun an. „Wie geht's eigentlich Claudia?"

„Welche Claudia?", fragte Carolin irritiert. „Ich kenne keine Claudia."

„Na, diese Schulkameradin, von der du neulich erzählt hast. Die verliebt ist?"

„Och, die … Keine Ahnung. Die hab ich schon lange nicht mehr gesehen."

„Aha", machte Ines nur.

„Tschüss, Mam!" Carolin quetschte sich vorbei und drückte ihrer Mutter noch einen Kuss auf die Wange. Sie wollte verschwinden, bevor Ines anfangen konnte, zu diskutieren. „Muss in die Schule, tschühüss!"

„Caro, bitte!" Ines sah sie streng an.

Carolin stand schon am Treppenabsatz. „Was denn?"

„Heute ist Samstag. Du hast keine Schule."

„Oh, ja, stimmt, aber ich muss trotzdem los, bin mit Lina verabredet!" Während Carolin zum Reiterhof radelte, musste sie den Kopf über sich selbst schütteln. Wie konnte ein Kuss sie so durcheinanderbringen?

Als Carolin durch die Hofeinfahrt bog, sah sie schon von weitem den blonden Schopf von Danny. Er lehnte am Radständer neben dem Haupthaus. Sieht fast so aus, als würde er auf mich warten, dachte Carolin. Ihr Herz hüpfte wie ein kleiner Gummiball.

„Hi Caro!" Schon von weitem winkte er ihr entgegen.

„Hi", rief sie ihm zu und konzentrierte sich darauf, ihr Rad abzustellen, ohne darüberzufallen.

Er strich ganz sacht über ihre Hand, die noch den Lenker festhielt. „Wie geht's?"

„Ganz okay."

„Hast du gut geschlafen?"

„Doch, ja", sagte Carolin und fragte sich insgeheim, woran er wohl dachte. *Sophia? Den Kuss? Oder beides?* Sie schloss ihr Rad ab. Eine Weile standen sie verlegen nebeneinander. „Hast du schon gefrühstückt?", fragte Danny dann.

„Nein", antwortete Carolin, obwohl sie beim Rad fahren schon zwei Schokocroissants verdrückt hatte.

„Prima, dann frühstücken wir zusammen!", freute sich Danny.

Gemeinsam gingen sie ins Gästehaus. Im geräumigen Speisezimmer waren Milch, Kakao, Kaffee, frisches Brot, Butter, Schinken und Marmelade aufgetischt.

Sie setzten sich ziemlich nah nebeneinander an einen etwas nach hinten gelegenen Tisch. So nah, dass Deborah, die am Nebentisch saß, immer wieder neugierig zu ihnen hinüberstarrte und außerdem Kerstin schubste und mit ihr tuschelte.

Carolin war so aufgeregt, dass sie gleich sechs Löffel Kirschmarmelade auf ein kleines Brötchen häufte und hektisch darauf herumkaute. Während dessen überlegte sie: *Soll ich nun etwas sagen? Etwas Schlaues, das Eindruck auf ihn macht? Oder lieber etwas Nettes?*

Da sagte Danny etwas. Nicht viel. Nur ihren Namen. Nur „Caro." Aber das reichte schon, um ihr Herz zum Flattern zu bringen. Dabei sah er ihr in die Augen. Carolin hatte das Gefühl in einem blauen Ozean zu versinken, während sie in Zeitlupe an ihrem Marmeladenbrot kaute.

Das Kichern am anderen Tisch wurde lauter. „Guckt mal, das neue Lindenhain-Traumpaar!" Das war Deborah gewesen.

Carolin wäre vor Schreck beinahe das Brötchen im Hals steckengeblieben. *Bitte nicht rot werden*, betete sie insgeheim, doch sie spürte ganz genau, dass ihr Kopf bereits die Farbe von Tomaten angenommen hatte.

Da ertönte eine Männerstimme und riss sie aus ihrer Verlegenheit. „Ist hier eine Carolin Baumgarten?"

In der Tür zum Speisesaal standen zwei Polizisten und sahen sich suchend um. Carolin nickte, heilfroh über die Ablenkung. „Ja, hier, das bin ich", brachte sie mit Mühe heraus. Sie räusperte sich.

Hinter den beiden Beamten drängte sich Gunnar in den Raum und kam auf sie zu. „Die Herren möchten dir ein paar Fragen stellen. Wegen gestern und wegen der Silvesterknaller neulich", erklärte Gunnar. Er war immer noch bleich. Unter den Augen hatte er dunkle Ringe.

Wahrscheinlich hatte er die ganze Nacht nicht geschlafen.

Armer Gunnar, dachte Carolin und nickte bereitwillig. „Klar, kein Problem. Mach ich doch gerne." *Sehr gerne*, dachte sie, *so komm ich nämlich hier raus*. Rasch folgte sie Gunnar. Im Vorbeigehen warf sie Deborah noch einen bitterbösen Blick zu. Die würde sich noch wundern, nahm sie sich im Stillen vor. *Ich werde sie zum Wettgaloppieren herausfordern oder den Stall ausmisten lassen oder ...*

„Da ist noch was, was du wissen solltest", unterbrach Gunnar ihre Gedanken auf dem Weg zum Haupthaus.

„Was denn?"

„Kann sein, dass dir die Polizisten ein paar seltsame Fragen stellen werden."

Carolin sah ihn fragend an. „Was meinst du mit seltsam?"

„Naja, die kennen dich halt nicht. Und deswegen wundern sie sich, dass du immer genau da warst, wo etwas passiert ist. Erst bei den Feuerwerksknallern und dann bei Sophia."

„Ist doch gut, dass ich immer rechtzeitig da war", meinte Carolin arglos. „Wer weiß, was sonst noch alles passiert wäre!"

„Aber für die Polizei sind das eben ziemlich merkwürdige Zufälle."

„Du meinst ..." Jetzt dämmerte es Carolin. Sie verschluckte sich beinahe vor Empörung. „Du meinst, die verdächtigen mich?"

„Nein, natürlich nicht wirklich! Naja, vielleicht ein bisschen. Ist natürlich kompletter Blödsinn, das hab ich ihnen auch schon gesagt. Aber die müssen eben ihre Arbeit machen und das bedeutet, dass sie alles in Betracht ziehen."

„Ja", sagte sie und verstand kein Wort.

Gunnar führte das Grüppchen in sein Büro. Dort musste Carolin erst mal sagen, wer sie war, was sie auf dem Reiterhof machte und wo sie wohnte. Anschließend sollte sie haarklein berichten, was in der Vollmondnacht geschehen war. Jetzt kam sie nicht mehr darum herum zu erzählen, dass sie damals Sternentänzer aus dem Stall geholt hatte. Dass eine Vierzehnjährige zu so später Stunde noch ihr Pferd ausritt, wurde von dem einen Polizisten mit einem Kopfschütteln quittiert. Es war nicht zu erkennen, ob er ihr glaubte. Der andere schrieb fleißig mit.

Anschließend fragte der eine sie über die Nacht aus, in der Sophia vergiftet worden war. Carolin bekam beinahe schon wieder einen roten Kopf, denn jetzt befüchtete sie, würde es um den Spaziergang gehen, den sie mit Danny unternommen hatte. Allerdings war davon nicht die Rede. Ein halbe Stunde lang quetschten die Männer sie aus, dann zogen sie ab. Carolin blieb benommen sitzen.

„Und, was war?" Mit dieser Frage stürzten Lina und Nick in den Raum.

„Naja, die wollten wissen, wann ich wo war, warum, mit wem und so", erklärte Carolin ihnen. Lina zog eine Tüte Gummibärchen hervor, riss sie auf und stellte sie auf den Tisch. „Ja und, was hast du denen gesagt?"

„Nichts. Hätte ich vielleicht sagen sollen, dass ich mit meinem Pferd unterwegs war, weil es mich bei Vollmond in die Zukunft blicken lässt?" *Oder dass ich unter einer knorrigen Linde unter einem lächelnden Himmel gestanden und Danny geküsst habe,* fügte sie in Gedanken hinzu.

„Stimmt", nickte Nick und nahm sich eine Handvoll aus der Tüte. „Wäre vermutlich nicht so besonders gut angekommen."

„Und jetzt?", wollte Lina wissen und warf sich ein paar Bärchen in den Mund.

„Was jetzt?"

„Naja, wirst du bei Wasser und Brot eingesperrt und so lange mit glühenden Eisenzangen gefoltert, bis du alles gestehst?"

Carolin schnappte sich das nächste weiße Bärchen. „Das ist alles gar nicht komisch, Lina. Ich glaube, ich bin tatsächlich die Hauptverdächtige."

„Die können dir gar nichts. Abgesehen davon, dass du unschuldig bist, haben die doch überhaupt nichts gegen dich in der Hand", gab Nick zu bedenken.

Gunnar rumpelte herein. „War's schlimm?", fragte er mitleidig.

Carolin fuhr sich mit beiden Händen durch die Haare. „Geht so. Besonders lustig ist es nicht, verdächtigt zu werden."

Der Reiterhofbesitzer klopfte ihr auf die Schulter. „Wir wissen alle, dass du unschuldig bist. Wir stehen zu dir, gar keine Frage!"

„Logo“, nuschelte Nick mit einem Mund voller Gummibärchen.

„Sowieso“, nickte Lina mampfend.

Bevor Carolin nach Hause ging, schaute sie noch bei Sophia vorbei. Der Bauch des Ponys war weniger rund als sonst. Ihr Fell aber glänzte trocken und die Augen blickten klar. Das Shetlandpony empfing Carolin mit lebhaftem Wiehern und legte gleich den Kopf in ihre Hände, als würde es wissen, dass es ihr sein Leben zu verdanken hatte. „Steht dir ganz gut, ein paar Pfunde weniger auf den Rippen“, lächelte Carolin. Sie seufzte, streichelte Sophia über die Nüstern und kämmte mit den Fingern den rotbraunen Schopf. „Wenn du nur sprechen könntest, Sophia. Wenn du nur irgendwie mitteilen könntest, was passiert ist.“

Sophia wieherte leise, als würde sie es versuchen. „Nur du weißt, wer dich vergiftet hat.“ Carolin drückte ihr einen Kuss auf die weiche Nase. „Ich hab eine Idee! Du verrätst es Sternentänzer und der findet ganz sicher einen Weg, es mir weiterzusagen.“

Doch Sophia schien sich für Caros Idee wenig zu begeistern. Sie schnupperte nur interessiert an deren Manteltaschen auf der Suche nach Essbarem.

„Na, geht's der Dicken wieder besser?“, hörte Carolin eine Stimme hinter sich.

Da stand Deborah. „Wo ist denn dein süßer Danny?“

Dazu grinste sie, griff in ihre hintere Hosentasche und zog eine zerknautschte Packung Zigaretten heraus.

„Spinnst du?“, fuhr Carolin sie völlig entgeistert an.

Deborah zuckte nur die Schultern, nahm eine Zigarette in den Mund und zog aus der anderen Hosentasche ein Feuerzeug heraus.

„Im Stall ist Rauchen verboten!“ Carolin griff nach ihrem Arm, doch Deborah drehte sich schnell weg. „Du hast mir gar nichts zu sagen!“

In diesem Moment betrat Nick den Stall. Bevor Deborah die Zigarette anstecken konnte, riss er sie ihr weg und steckte sie ein. „Bist du von allen guten Geistern verlassen? Soll der Stall abbrennen?“ Er war jetzt richtig wütend. „Erlauben dir deine Eltern überhaupt zu rauchen? Egal. Hier geht das jedenfalls nicht, merk dir das!“ Nick beruhigte sich erst, als Deborah klein beigab.

„Is ja gut“, maulte sie, steckte Feuerzeug und Zigarettenschachtel weg und verließ den Stall.

Nick sah ihr kopfschüttelnd hinterher. „So eine dumme Pute!“ Er überlegte einen Moment. „Was meinst du, könnte die Silvesterknaller-Nummer auf ihr Konto gehen? Zutrauen würde ich ihr das fast. Vielleicht ein blöder Joke?“

Carolin war ratlos. „Möglich wär's schon. Aber warum?“

Nick zupfte ein paar Strohhalme von seinem Ärmel. „Vielleicht wollte sie ein bisschen provozieren oder ihr war langweilig.“

Carolin zog die Nase kraus. „Kannst du dir vorstellen,

wie Deborah in ihren Designerfummeln über den Hof schleicht und Knaller anzündet?"

„Nee." Nick trat mit dem Bein gegen einen Strohballen. „Aber irgend jemand will Lindenhain aufmischen. Die Frage ist nur: wer?"

Die Sterne lügen nicht

Seit Tagen drehte sich ein Knäuel aus Ärger, Verwirrung und Glück in Carolins Kopf und Bauch umher. In der letzten Nacht hatte sie lange nicht einschlafen können. Schließlich hatte sie einen Entschluss gefasst: Sie würde den wahren Täter finden und überführen. Doch wer kam überhaupt in Frage? Wer hatte Zugang zu Lindenhain und den Ställen? Gunnar, Vicky, Nick, Lina und sie selbst kamen nicht in Frage. Die Vorfälle hatten erst begonnen, seit die Landschulheimkinder auf Lindenhain waren. Es konnte also nur einer von ihnen sein. Danny auf gar keinen Fall. Conny? Dem waren die Pferde zu gleichgültig. Giulia konnte keiner Fliege etwas zu Leide tun. Kerstin mochte Tiere viel zu gerne. Blieb noch Deborah. Die beschwerte sich ständig über jede Kleinigkeit. Sowohl die Pferde als auch das Reiten gingen ihr offensichtlich auf die Nerven. Deborah musste es doch sein! Die hatte doch auch ein Feuerzeug und keine Skrupel sich im Stall eine Zigarette anzuzünden. Es war sechs Uhr früh, als Carolin plötzlich die alte Geschichte mit Annette einfiel.

Mit Sternentänzers Hilfe hatte sie die Klassenkameradin damals als Diebin entlarven können. Als alle anderen Lina für die Schuldige gehalten hatten. Mit Sternentänzers Hilfe würde Carolin auch diesen Übeltäter entlarven! Jetzt war sie nicht mehr zu halten. In Windeseile hüpfte sie aus dem Bett. Schnell wusch sie sich das Gesicht, putzte die Zähne und fuhr in ihre Jeans. Ein paar Bürstenstriche mussten den kurzen braunen Haaren reichen. Wenige Minuten später stand Carolin fix und fertig in der Küche.

Ines telefonierte gerade, aus der Küche dudelte das Radio.

„Und jetzt das Horoskop von Radio AFXN 72.30. Damit Sie wissen, was der Tag bringt. Dieser Mittwoch steht im Zeichen der Venus, das bedeutet für alle Sternzeichen große Gefühle.“

„Caro, machst du mal bitte das Radio aus!“, rief die Mutter ihr vom Wohnzimmer aus zu.

Sie wollte gerade gehorchen, da hielt sie inne.

„Der Vollmond tut das Seine, so dass bis in den späten Abend Romantik pur in den Sternen steht.“

„Caro!“

Bingo! Heute ist wieder Vollmond! freute sich Carolin. Das bedeutete, dass sie heute Nacht wieder eine Frage an Sternentänzer stellen und vielleicht den Täter entlarven konnte! Sie wollte gerade den Knopf am Radio drehen, da hielt sie erneut inne.

„Für alle Skorpione wird das ein Tag voller überraschender Erkenntnisse und unerwarteter Schwierigkeiten. Vorsicht ist vor allem am Abend geboten!“

Ach was, dachte Carolin und stellte das Gerät ab. *Wer glaubt denn schon an Horoskope! Vorsicht am Abend, so ein Quatsch.*

Auf dem Frühstückstisch neben ihrem Teller stand eine Packung Früchtemüsli. Carolin verzog das Gesicht. Sie mochte kein Früchtemüsli. Ines hatte ihr Gespräch beendet und kam zur Küchentur herein.

„Mam, haben wir kein Schokomüsli mehr?", beschwerte sich Carolin.

„Sorry, ich dachte, du isst das auch gern."

„Nein!" Carolin schob die leere Schüssel weit von sich. Der Tag ging ja super los. Wie hatte es gleich wieder im Horoskop geheißen: „Überraschende Erkenntnisse und unerwartete Schwierigkeiten." Na ja, solange es sich nur um das falsche Müsli handelte, ging es ja noch.

Es wurde ein langer Tag für Carolin – Pfefferbeißer hatte ihr nämlich unmissverständlich klar gemacht, dass es ohne Lernen nicht mehr ging. Und so saß sie noch nach dem Abendessen bei den Hausaufgaben. Später guckte sie ihre Lieblingsserie im Fernsehen an. Doch sie war so zappelig, dass sie ständig im Sessel hin und her rutschte.

„Könntest du bitte mal damit aufhören? Du machst mich ja ganz nervös!", beschwerte sich Ines, die neben ihr Zeitung las.

Nach der Fernsehserie zappte Carolin durch die Sender. Doch da gab es nur langweilige Talkshows, doofe

Spielfilme und Quizsendungen. Genervt warf Carolin die Fernbedienung auf das Sofa.

Ines sah von der Zeitung auf. „Was ist denn eigentlich los mit dir?"

„Ach nichts." Erst halb neun. Noch gute drei Stunden bis Mitternacht. Sie gähnte. Wenn sie jetzt einschlief, würde sie womöglich wieder einen Monat bis zum nächsten Vollmond warten müssen. Bloß nicht! Carolin ging in die Küche und holte sich eine Cola.

„Mit so viel Koffein am Abend kannst du nicht schlafen!", mahnte Ines.

Hoffentlich nicht, dachte Carolin, stürzte das ganze Glas auf einmal hinunter und wollte sich noch Nachschub holen.

„Bringst du mir bitte auch eine Cola mit?", bat Ines sie.

„Ja, klar", antwortete Carolin, die in Wirklichkeit anderes im Sinn hatte. Schließlich sollte ihre Mutter schlafen und das so fest wie möglich – damit sie selbst unbemerkt davon schleichen konnte. Heimlich kippte sie in der Küche den restlichen Inhalt der halbvollen Literflasche Cola in den Ausguss. „Cola ist leer", rief sie dann ihrer Mutter zu und prüfte das Getränkefach. Spezi, Fanta, Wein. *Rotwein, das ist es*, dachte sie. Nach zwei Gläsern Rotwein war Ines meistens fix und alle. Sie entkorkte rasch die Flasche und goss ihrer Mutter ein Glas voll. „Hier." Sie stellte es auf den Tisch. „Ist doch auch viel besser am Abend."

Doch Ines verzog den Mund. „Ach nee!"

Carolin sah ihre Mutter mit gut gespieltem Erstaunen

an. „Mam, wenn ich mir schon die Mühe mache, dich so nett zu bedienen!“

„Na gut, aber Rotwein gehört in die dickbauchigen Gläser.“

„Werd's mir merken“, nickte Carolin. Sie schlich zurück in die Küche und holte die Flasche mitsamt einem anderen Glas.

Sobald die Mutter wieder hinter der Zeitung verschwunden war, füllte Carolin ihr Glas auf. Ines nahm den Rotwein zu sich und wurde wie erwartet schnell schläfrig. Sie gähnte in immer kürzeren Abständen und gegen halb elf beschloss sie ins Bett zu gehen. Carolin wartete noch, bis sie sicher war, dass Ines wirklich fest schlief, dann schlich sie davon.

Auf Lindenhain angekommen, sattelte Carolin Sternentänzer mit fliegenden Fingern und zog ihn nach draußen. Es war eine stürmische Nacht, der Wind riss an ihrer Jacke und spielte mit Bäumen und Büschen. Carolin zerrte sich die Kapuze bis in die Stirn. Sie saß auf und trieb Sternentänzer kräftig an. Kaum hatten sie den Stall hinter sich gelassen, da beruhigte sie sich.

Der Wind trieb die Wolken vor sich her. Immer wieder verschwand der Mond hinter ihnen. Dann kam er wieder zum Vorschein. Carolin saß sicher auf Sternentänzers Rücken. „Wenn ich nur wüsste, wer der Übeltäter auf Lindenhain ist. Wenn ich nur wüsste, wer die Feuerwerkskracher gezündet und Sophia vergiftet hat …“, murmelte sie. Beinahe im selben Moment ging ein Ruck durch den Körper des Pferdes. Es galoppierte los, als wollte es mit den Wolken um die Wette fliegen. Schnell wie der Wind. Carolin war schwindelig, ihr Kopf schien sich zu drehen. Sie fühlte sich wie in einem Kettenkarussell. Die ersten Bilder erschienen, doch sie waren verschwommen wie hinter einer Nebelwand. Mit einem Mal schien das Karussell vor ihrem inneren Auge langsamer zu werden. Auch Sternentänzer galoppierte nicht mehr so schnell. Schließlich fiel er in den Trab und dann stampfte er aufgebracht hin und her. „Sternentänzer, was ist denn?“, rief ihm Carolin zu. „Was ist denn los mit dir?“ Doch das Pferd tänzelte umher wie eine nervöse Ballerina. Auf einmal knackte es im Gebüsch neben ihnen. Carolin zuckte zusammen. Es raschelte. Ein Schauer lief über ihren Rücken. Was, wenn sich der Täter hier irgendwo versteckt hielt? Wenn er ihr auflauerte? Wenn er es auf Sternentänzer abgesehen hatte? Wenn es Frank Stone war, der sie abfangen wollte? Oder seine bösartige Rechtsanwältin? Beide hatten schließlich geschworen, sich irgendwann an ihr zu rächen. Jetzt warf Sternentänzer seinen Kopf hin und her. Er wieherte laut und schnaubte.

„Sternentänzer, oh nein!“ Plötzlich entdeckte Carolin, was das Pferd so verstört hatte.

Zwischen zwei Büschen am Rande des Feldwegs wieherte ihr Marhaba entgegen! „Brrr, Sternentänzer, brrrrr.“ Carolin sprang ab und lief auf Marhaba zu. „Wo kommst du denn her? Mitten in der Nacht!“ Sie tätschelte liebevoll seinen Hals. „Du Ausreißer, komm mit, ich bring dich wieder zurück nach Lindenhain.“ Das Pferd bewegte seinen Kopf vor und zurück, als wollte es ihr etwas sagen.

Zwei Minuten später verstand Carolin: Marhaba war nicht allein. Hinter ihm liefen alle Pferde aus dem Lindenhain-Stall wild durcheinander! Sogar die dicke Sophia, die sich von ihrer Vergiftung offenbar erholt hatte, war dabei. Sie stand unter einem Baum und knabberte an den Ästen. Carolin starrte auf die Pferde wie auf eine Erscheinung. War das jetzt ein Traum oder Einbildung? Sie kniff sich in den Arm. Der Schmerz bewies, dass sie wach war. Aufgewühlt liefen die Pferde durcheinander und mittendrin wieherte Sternentänzer, als freue er sich über die ungewöhnliche Mitternachtsgesellschaft.

„Marhaba, hierher! Sophia, halt, Shania, bleib hier!“ Carolin bemühte sich vergeblich. Allem Anschein nach hatten die Ausreißer keine Lust, sich ihren nächtlichen Ausflug verderben zu lassen. Deswegen entwischten sie immer wieder geschickt und stoben wild auseinander, als Carolin versuchte, sie in den Stall zurück zu treiben. Nach einer halben Stunde gab sie es auf. Sie war vollkommen nassgeschwitzt und die Tiere in alle Richtungen verstreut. Nur Sternentänzer wartete geduldig neben ihr.

Das hat keinen Sinn, dachte Carolin und wischte sich mit dem Jackenärmel die Schweißperlen von der Stirn. Allein war das nicht zu schaffen. Sie musste wohl oder übel Hilfe holen. Rasch schwang sie sich auf Sternentänzers Rücken und galoppierte so schnell sie konnte zurück nach Lindenhain.

Auf dem Hof war alles dunkel. Nur die kleinen Lampen am Toreingang und die Laternen am Haupthaus leuchteten schwach. Offenbar schliefen alle und bisher hatte noch niemand das Verschwinden der Pferde bemerkt. Carolin ritt mit Sternentänzer über den Hof und blieb erst kurz vor dem Stall stehen. „Brrr …“ Sie sprang ab, klopfte dem Pferd kurz auf den Hals und sah sich um. Im spärlichen Licht der Laternen erkannte sie, dass die Stalltür sperrangelweit offen stand. Wie konnte das passiert sein?

Jetzt rannte sie aufgebracht zur Tür des Haupthauses und tastete die Wand ab. Wo war denn hier eine Klingel oder wenigstens ein Lichtschalter? „Mist!“, fluchte Carolin. Tagsüber stand die Tür immer offen. Schließlich trommelte sie mit den Fäusten gegen das Glasfenster im oberen Teil der Holztür so fest sie konnte. „Gunnar! Vicky! Wacht auf!“, brüllte sie aus Leibeskräften.

Es kam ihr vor wie eine Ewigkeit bis endlich ein Licht im oberen Stockwerk anging. Ein Fenster öffnete sich und der völlig verschlafene Gunnar steckte seinen zerzausten Kopf hinaus. „Was ist denn los?“, brummte er ungehalten. „Was soll der Krach mitten in der Nacht?“

„Gunnar, ich bin's, Caro. Du musst aufstehen, schnell! Die Pferde sind weg!“, rief Carolin.

Gunnar kratzte sich schlaftrunken am Kopf. „Was sagst du, Caro? Die Pferde sind weg? Wo sind sie denn hin?“

„Im Wald, auf der Wiese, überall!“, keuchte Carolin. „Du musst kommen!“

„Auf der Wiese? Wie sollen die dort hingekommen sein?“ Gunnar hatte offenbar immer noch nichts begriffen.

„Jemand hat die Stalltür geöffnet und sie rausgelassen!“, brüllte Carolin. Ihre Stimme überschlug sich beinahe.

Endlich schien Gunnar zu verstehen, was los war, denn nun zog er blitzschnell den Kopf zurück. Eine halbe Minute später stand er unten. Aus seiner Jeans lugten rot-gelb-gestreifte Pyjama-Beine hervor. Seine Augen wanderten nervös umher.

Rasch berichtete Carolin, was vorgefallen war. Dann holte Gunnar Vicky und den Jeep und sie fuhren gemeinsam los. Es dauerte Stunden, bis sie endlich alle Pferde wieder eingefangen hatten. Als die Tiere wieder in ihren Boxen waren, schimmerte bereits die Morgenröte am Horizont. Carolin war so müde, dass sie kurz davor war, im Stehen einzuschlafen. Schwach zupfte sie Gunnar, der gerade dabei war, das Schloss der Stalltür zu überprüfen, am Ärmel.

„Ich radle dann mal nach Hause“, gähnte sie.

Statt einer Antwort deutete der auf das Schloss. „Guck mal! Das ist unversehrt. Das bedeutet, dass niemand gewaltsam eingebrochen ist. Wer auch immer die Tür geöffnet und die Pferde aus dem Stall getrieben hat, der muss einen Schlüssel besitzen. Oder sich gut auf Lindenhain auskennen und wissen, dass der Zweitschlüssel unter der Geranie liegt.“

„Hmm“, machte Carolin, die eigentlich nur noch in ihr Bett wollte.

„Sag mal, Caro, hast du diesmal auch wieder was gesehen? Einen Schatten oder eine Silhouette, meine ich.“

„Nee.“

Doch Gunnar ließ nicht locker. „So wie beim letzten Mal, als die Feuerwerkskracher explodierten?“ Da war etwas in seiner Stimme, das Carolin trotz ihrer Müdigkeit aufhorchen ließ.

Sie schüttelte den Kopf. „Nein, warum?“

„Nur so, hätte ja sein können“, murmelte Gunnar.

„Und Caro, noch was“, fügte er hinzu.

„Was denn?“

„Ich nehm mal an, du konntest wieder nicht schlafen und warst deshalb mitten in der Nacht bei Sternentänzer?“

„Ja, genau“, nickte Carolin.

„Darüber hatten wir doch schon das letzte Mal gesprochen“, meinte Gunnar. „Das gefällt mir gar nicht.“

„Ich weiß, aber …“

„Du hast mich verstanden, Caro. Dann bis morgen“, erwiderte Gunnar nur knapp und sah sie mit einem seltsamen Blick an. Diesmal bot er ihr nicht an, sie nach Hause zu fahren, sondern stapfte einfach zurück zum Haupthaus.

Verstört und zugleich todmüde radelte Carolin nach

Hause. Noch mehr als Gunnars seltsamer Blick ärgerte es sie, dass sie nun bis zum nächsten Vollmond warten musste, um von Sternentänzer eine Antwort auf ihre Frage zu bekommen.

Bei der Polizei

Heute spürte Carolin schon beim Aufstehen, dass es kein guter Tag werden würde.

Missmutig stellte sie ihren Wecker ab und zog sich die Bettdecke bis weit über die Ohren. Obwohl sie die ganze Nacht tief und fest geschlafen hatte, fühlte sie sich schlapp und lustlos. Irgendwann raffte sie sich dann doch auf und duschte, um wach zu werden. Sie fuhr sich kurz mit der Bürste übers Haar, schlüpfte in ihre Jeans und machte sich auf den Weg nach Lindenhain. Kurz vor der Abzweigung zum Reiterhof hielt sie noch schnell bei der Bäckerei und ließ sich ein Schokocroissant einpacken. Als sie um die Kurve zum Hof bog, sah sie, dass Cinderella und Silberstern auf der Weide grasten. Sie lehnte ihr Rad gegen den Zaun, hockte sich auf die oberste Latte, zog ihr Schokocroissant aus der Tüte und sah den beiden Pferden zu.

Cinderella beobachtete ihr Fohlen mit Argusaugen. Sobald es mit seinen stakeligen Beinen auch nur ein paar Meter davonlief, ging sie ihm mit gespitzten Ohren hinterher und legte ihren Kopf schützend über das Kleine. Silberstern verharrte einen Moment lang regungslos im Schutz der Mutter, dann machte er sich wieder auf, die Welt zu erkunden. Cinderella ging wieder hinterher. Fast wie bei ihr zu Hause, als sie noch klein gewesen war, dachte Carolin, während sie an ihrem Croissant knabberte. Und genau wie sie selbst versuchte Silberstern immer wieder, seine Mutter auszutricksen. Gerade als Carolin Hoffnung schöpfte, dass heute doch noch ein guter Tag werden könnte, kam Vicky zu ihr. Sie lehnte sich neben ihr an den Zaun und sah ebenfalls zu den Pferden hinüber. „Das Fohlen entwickelt sich prächtig. Das wird mal ein wunderschöner Hengst!"

„Ja. Ich könnte ihm ewig zuschauen, wie er so über die Wiese tobt", meinte Carolin und schob sich das letzte Stück Croissant in den Mund. „Sogar Ferdi ist ganz hin und weg." Sie lächelte. „Stell dir vor, er hat Silbersterns Bild in seinem Portemonnaie."

Vicky blickte ungläubig drein. „Unser schicker, cooler Ferdi?"

Ferdi war der Besitzer von Silbersterns Mutter Cinderella, der herrlichen, pechschwarzen Araberstute. Doch Ferdi wohnte in Berlin, stand eigentlich mehr auf Eishockey als auf Reiten und hatte mit Pferden überhaupt nicht so viel am Hut. Deswegen waren Cinderella und das Fohlen auf Lindenhain untergebracht, wo er wusste, dass man sich liebevoll um sie kümmerte.

Carolin nickte. „Das mit dem Foto hat er mir neulich am Telefon erzählt. Er sagt immer, ich soll eine Webcam in Silbersterns Box installieren, dann könnte er jede Bewegung miterleben."

Vicky schnaubte empört. „So weit kommt's noch. Der soll sich gefälligst selbst auf den Weg machen und sein Fohlen besuchen!"

Carolin seufzte. „Ich hab schon Sehnsucht nach Silberstern, wenn ich ihn nur einen Tag mal nicht sehe."

Vicky stellte ein Bein auf die untere Zaunlatte. „Wenn die Ferienkinder weg sind, müssen wir uns mal um ihn kümmern."

Carolin wischte sich die Hände an der Hose ab. „Wie meinst du das?"

„Der Kleine muss langsam erwachsen werden. Er muss zum Beispiel lernen, ein Halfter zu tragen und angebunden stehen zu bleiben."

„Das kann ja nicht so schwierig sein."

„Von wegen. Manche Fohlen stemmen sich mit aller Kraft dagegen und toben herum, andere werfen sich auf den Boden."

„Muss das denn sein?"

„Die Pferdekinder müssen lernen, dass das Halfter nicht drückt, wenn sie aufhören sich dagegen zu wehren."

„Armer Silberstern!" Carolin hüpfte vom Zaun hinunter. „Dann will ich mal los in die Schule gehen."

Vicky sah sie an und hielt sie am Arm zurück. „Du, Caro, da wäre noch was, wegen dem Vorfall mit den Pferden."

„Was denn?"

„Die Polizei muss ein Protokoll aufnehmen und braucht

die Aussagen von uns allen. Könntest du heute nachmittag mal rasch ins Präsidium fahren?“

„Klar, mach ich“, nickte Carolin bereitwillig. „Wo ist das denn?“

„In Lilienthal, in so einem Neubau in der Nelkenstraße, schräg gegenüber von Florentines Boutique.“

Ein Polizist mit Vollbart und dicker Hornbrille nahm Carolins Aussage zu Protokoll. Er wirkte fast unbeteiligt. Am Schreibtisch gegenüber saß eine junge Beamtin mit einem langen braunen Pferdeschwanz unter der Mütze. „Dann erzähl doch mal, wo du in der betreffenden Nacht warst“, forderte sie Carolin auf, nachdem die Personalien geklärt waren.

„Hab ich doch schon – ich war ausgeritten“, entgegnete Carolin knapp.

„Ausgeritten?“, wiederholte die Polizistin. „Mitten in der Nacht?“

Carolin nickte.

„Und warum reitest du nicht tagsüber aus?“, fragte die Frau.

„Tu ich doch auch!“ Carolin rutschte unbehaglich auf dem Holzstuhl hin und her. Sie ahnte, dass sie sich mit jedem Wort weiter in Bedrängnis bringen würde.

Der Vollbärtige kratzte sich am Kopf. Jetzt mischte er sich ein. „Mädel, du glaubst doch nicht im Ernst, dass wir dir das abkaufen, oder? Nachts ausreiten!“ Er schüttelte den Kopf. „Wo gibt's denn so was! Hat dein Pferd vielleicht Scheinwerfer oder was?" Er sah sie so scharf an, dass Carolin unwillkürlich zusammenzuckte. „Du veräppelst uns doch. Rück endlich raus mit der Wahrheit!"

Carolin biss sich auf die Lippe und starrte die Uhr über seinem Schreibtisch an, deren Zeiger sich im Schneckentempo weiterbewegten.

Die junge Frau warf ihrem Kollegen einen schnellen Blick zu. *Lass mich mal machen*, sollte das wohl heißen. „Kannst du uns bitte kurz allein lassen, Herbert?"

„Wenn du meinst, dass das was bringt, bitte." Herbert zuckte die Schultern, guckte beleidigt und verschwand dann gehorsam.

Als er weg war, rückte die Beamtin mit ihrem Stuhl näher zu Carolin. „Weißt du, ich bin früher auch mal geritten. Ich erinnere mich noch ganz genau, mein Lieblingspferd hieß Rosalia." Sie sah Carolin freundlich an. „Mein Traum war immer, zur berittenen Polizei zu gehen."

„Echt?" Carolin war heilfroh, dass Griesgram Herbert verschwunden war. Diese Polizistin hatte warme braune Augen und war richtig sympathisch.

„Ja. Am liebsten wäre ich zur Strandpolizei gegangen." Die Beamtin lächelte. „Hat aber nicht so ganz geklappt, wie du siehst." Sie setzte die Mütze ab und strich sich über den Pferdeschwanz. „Leider", seufzte sie.

Carolin fixierte den Zeiger der Uhr. Lange würde sie es hier nicht mehr aushalten, sie konnte einfach nicht mehr. Ich sag ihr jetzt einfach alles, beschloss sie in diesem

Moment. Sie würde ihr sagen, wo sie gewesen war und wieso. Basta – dann wäre alles vorbei.

„Verrätst du mir jetzt, wo du warst?", riss die Stimme der Polizistin sie aus ihren Gedanken.

„Ich", setzte Caro an. Nein, nein, es ging nicht. Sie konnte es nicht sagen. Wie auch? Etwa, dass sie auf Sternentänzer nachts ausritt, wenn Vollmond war? Weil er eine besondere Gabe hatte? Weil sie ihm eine Frage stellen wollte? Und sie mit seiner Hilfe den wahren Täter finden wollte? Nein. Unmöglich. Ausgeschlossen. Die Polizistin würde nur annehmen, dass sie total durchgeknallt sei.

Die Polizistin sah sie erwartungsvoll an. „Ja?"

„Ich ..."

„Du hast doch was auf dem Herzen, Caro, das merk ich doch! Sag einfach was los ist, danach fühlst du dich viel besser, du wirst sehen", drängte die Polizistin.

Carolin atmete tief durch. „Ich war ausreiten, einfach nur ausreiten, wie ich schon gesagt habe", sagte sie dann, ohne die Frau anzusehen.

„Tja." Die Polizistin klatschte sich resigniert mit den Händen auf die Oberschenkel und rückte wieder ab. „Es hat wohl keinen Sinn mit dir." Sie stand auf, ging zur Tür und rief ihren Kollegen Herbert zurück.

„Kann ich jetzt gehen?" Carolin fühlte sich schlecht. Die behandelten sie wie einen Schwerverbrecher.

„Ja, du kannst gehen", sagte die Polizistin. „Solange wir keine Beweise haben, können wir dich nicht festhalten."

„Aber wir kommen dir schon noch auf die Schliche!", rief Herbert ihr drohend nach.

Mit gesenktem Kopf schlich Carolin aus dem Polizeipräsidium und fühlte sich elend wie schon lange nicht mehr. Dabei hatte ihre Pechsträhne gerade erst begonnen.

In hohem Tempo radelte Carolin vom Polizeipräsidium zurück nach Lindenhain. Völlig außer Atem hielt sie am Bahnübergang an. Die Schranke senkte sich vor ihrer Nase. Erst ratterte ein Zug, dann knirschte ein Schienenfahrzeug vorbei. Es schien eine Ewigkeit zu dauern bis der Weg wieder frei war. Am Himmel verschwand die Sonne. Zuerst zogen dunkle Wolken auf, dann blies ein kräftiger Wind. Schon platschten die ersten Tropfen auf die Erde. Carolin duckte sich und trat in die Pedale so stark sie konnte. Der Regen nahm zu.

In Lindenhain angekommen, hielt sich Carolin diesmal nicht damit auf, das Rad ordentlich abzustellen. Sie lehnte es einfach an die Stallwand und rannte über den Hof. Der stand bereits voller kleiner Pfützen. Der ausgetrocknete Boden konnte das viele Wasser nicht so schnell aufnehmen. Und es kam wie es kommen musste: Carolin rutschte auf dem glitschigen Pflaster aus.

„Verdammt!“, fluchte sie, während der Dreck meterweit spritzte. Vor der Stalltür wäre sie beinahe in Nick gerannt. Der schob gerade in hohen Gummstiefeln eine Schubkarre voll Mist hinaus.

„Ach, Caro, gut, dass du da bist. Gunnar hat nach dir gefragt. Du sollst zu ihm ins Büro kommen.“

„Warum das denn?“

„Keine Ahnung“ Nick zuckte mit den Schultern und stapfte mit seiner Karre weiter.

Carolin sah ihm nach. In ihrem Magen machte sich ein ungutes Gefühl breit. Es brodelte wie in einer Suppe kurz vor dem Überkochen.

Ein schwarzer Tag

Als Carolin die Tür zu Gunnars Büro öffnete, schwand ihr Selbstvertrauen. Sie erinnerte sich, wie er sie in der Vollmondnacht mit diesem düsteren Blick bedacht hatte. Heute sah er sie so ähnlich an. „Du wolltest mich sprechen“, begann sie.

Gunnar blickte kurz auf, dann senkte er den Blick wieder. Er war bleich und unter seinen Augen lagen tiefe Schatten. Seine Miene zeigte eine Mischung aus Verlegenheit und Ärger. Seine Haare schienen sich zu sträuben wie das Fell der Katze Eulalia, wenn sie auf Herrn Maier traf. Gunnar hielt seinen Cowboyhut in der Hand und drehte ihn unablässig.

„Tja, Caro“, begann er. „Du kannst dir wahrscheinlich schon denken, worum es geht.“

„Naja, nicht so ganz genau.“

Jetzt begann er den Hut auf einem Finger zu balancieren und der Bewegung nachzusehen, als ginge es hier nicht um Wichtigeres. „Ich bin leider gezwungen, aus den Vorfällen der letzten Zeit Konsequenzen zu ziehen.“

Carolin fühlte, wie in ihrem Inneren Kälte hoch kroch und sich langsam ausbreitete. Fröstelnd schlang sie die Arme um ihren Körper. „Was bedeutet das?“, presste sie hervor.

„Das bedeutet, …“ Gunnar machte eine Pause und drehte seinen Cowboyhut noch einen Tick schneller. „Das bedeutet, dass es besser ist, wenn du vorerst nicht mehr hierher kommst.“

„Wie meinst du das?“

„So wie ich es gesagt habe.“

„Ich hab Lindenhainverbot?“, flüsterte Carolin entsetzt.

„Wenn du es so hart formulieren willst, ja.“ Gunnar sah sie nun mit festem Blick an. Der Hut stand still.

Caro starrte ihn an. Mit weit aufgerissenen Augen. Sie war traurig, wütend und zugleich erstaunt. „Aber …“

Gunnar beugte sich nach vorn. „Es ist nur vorübergehend, Caro“, sagte er beschwörend. „Glaub mir, ich tu das nicht gerne! Ich will das eigentlich gar nicht.“

„Aber, Gunnar!“ Caros Stimme überschlug sich jetzt beinahe vor Aufregung. Sie hatte das Gefühl, ihr würde der Boden unter den Füßen weggezogen. „Warum denn? Ich bin doch unschuldig, ich hab doch nichts getan, ich hab nichts mit diesen ganzen Vorfällen zu tun! Das kannst du doch nicht machen!“

Der Reiterhofbesitzer starrte schweigend aus dem Fenster.

„Gunnar!“, rief Carolin mit Tränen in den Augen. „Du glaubst mir doch!“

Keine Antwort.

„Bitte, das kannst du mir doch nicht antun! Alle werden denken, ich war's."

Gunnar bewegte sich nicht, sondern guckte nur weiter aus dem Fenster, als würde er einem Fußballmatch zusehen.

„Das geht doch gar nicht! Was soll mit Sternentänzer werden? Und mit Silberstern?"

Jetzt drehte sich Gunnar um. Statt Carolin anzusehen, fixierte er die Wand hinter ihr. „Tut mir sehr Leid, aber mein Entschluss steht fest. Es gibt keine andere Möglichkeit."

Caro starrte ihn mit offenem Mund an. Sie begriff, dass sie verloren hatte. Ohne ein weiteres Wort drehte sie sich um und ging. Als sie die Tür hinter sich geschlossen hatte, musste sie sich einen Moment dagegen lehnen, so sehr zitterten ihre Beine.

„He, Caro, bist ja ganz blass um die Nase. Hast du etwa ein Gespenst gesehen?" Ausgerechnet Deborah musste in diesem Moment auf dem Weg in den Gemeinschaftsraum an ihr vorbeispazieren. „Hat dich dein Danny versetzt? Oder bist du etwa von deinem tollen Pferd gefallen?" Deborah klatschte vor Freude über ihren Witz kichernd in die Hände.

Carolin hielt die Faust vor den Mund, um nicht laut aufzuschluchzen. Vor dieser dummen Pute einen Weinkrampf zu bekommen, das hätte ihr gerade noch gefehlt.

Zum Glück ging Deborah fröhlich pfeifend ihrer Wege, ohne sich weiter um Carolin zu kümmern.

„He, Caro, warte mal!" Im obersten Stockwerk des Gästehauses beugte sich Danny aus dem Fenster und winkte ihr zu, als sie aus Gunnars Büro über den Hof zum Stall wankte. Carolin wollte sich von Sternentänzer verabschieden. Obwohl sie unendlich traurig war, machte ihr Herz einen kleinen Sprung, als sie Dannys Stimme hörte.

Sekunden später stand er auch schon vor ihr. „Hi“, grinste er und trat verlegen von einem Fuß auf den anderen. „Ich dachte, wir könnten was zusammen unternehmen. Vielleicht einen Spaziergang? Hast du Lust?“

Carolin freute sich zwar über sein Angebot, aber sie lehnte ab. „Sorry Danny, ich hatte gerade ein blödes Gespräch mit Gunnar und mir geht’s nicht so gut.“

„Wegen der Vorfälle auf dem Hof?“

„Ja, Gunnar denkt, dass ich es war“, presste sie mit gesenktem Blick hervor.

Danny nahm ihre Hand und sah sie an. „Ich bin sicher, nein: Ich weiß ganz genau, dass du unschuldig bist, Caro.“

So wie er das sagte, spürte Carolin, dass er es ernst meinte. In all ihrem Unglück tat das unendlich gut. „Danke!“

Danny zog sie an sich und legte die Arme um sie. Carolin kuschelte sich tief in seine Umarmung. Für einen langen Moment fühlte sie sich vor allem beschützt. Zärtlich streichelte Danny über ihre Haare. „Wenn ich was für dich tun kann, dann sag es mir, ja?“, flüsterte er.

„Hmh“, schniefte Carolin. „Vielleicht kannst du ja ab und zu mal nach Sternentänzer sehen? Und nach Silberstern?“

Wenn Carolin sich nicht so eng an seine Schulter gekuschelt hätte, wäre ihr auch nicht entgangen, wie sich Dannys Miene für den Bruchteil einer Sekunde verfinsterte. „Aber das kannst du doch auch tun“, sagte er erstaunt.

„Eben nicht!“ Carolin richtete sich auf und löste sich aus der Umarmung. Sie wischte sich mit dem Handrücken die Tränen von der Wange. „Gunnar will, dass ich nicht mehr nach Lindenhain komme. Jedenfalls so lange, bis die ganzen Vorfälle der letzten Zeit aufgeklärt sind.“

„Verdammter Mist!“, fluchte Danny. Er schien sehr wütend auf Gunnar zu sein. „So ein blöder Kerl. Ausgerechnet du!“

Er schien so aufgebracht, dass jetzt Carolin ihn beruhigen musste. „Schon okay. Er hatte vielleicht wirklich keine Wahl. Irgendwie deutet eben alles auf mich, weil ich immer da war, wenn was passiert ist.“

Kerstin kam angelaufen und tippte auf ihre Uhr. „Mann, wo bleibst du denn, Danny? Halb Vier. Schon vergessen? Wir haben Reitstunde und alle warten auf dich!“

Danny winkte ab. „Ich kann jetzt nicht.“

„Geh nur“, sagte Carolin. „Ich wollte sowieso noch ein letztes Mal mit Sternentänzer ausreiten.“

„Ganz kurz noch, ich will dir nur schnell was geben“, meinte Danny und griff in seine Jackentasche. Er nahm Caros Hand, legte etwas hinein und schloss ihre Finger zu einer Faust. „Soll dir Glück bringen“, murmelte er, dann war er auch schon verschwunden.

Carolin öffnete ihre Hand. Ein kleiner gelber Bernstein

lag darin. Sie seufzte und drückte den Stein fest an ihre Wange. Dann ging sie zu Sternentänzer und holte ihn aus der Box.

Nach dem Ausritt sattelte Carolin das Pferd ab und rieb mit einem Schwamm die nassen Stellen an Hals und Rücken trocken. Sternentänzer schüttelte sich. Er schnaubte und knabberte verspielt an ihrem Ärmel. „Ja, gleich kriegst du deinen Apfel. Nur noch die Hufe saubermachen." Carolin holte den Hufkratzer und Sternentänzer hob bereitwillig das Bein. Der Lehm hatte sich so festgesetzt, dass es schwer war, ihn wieder herauszukratzen. Als alle Hufe geputzt waren, holte sie Fett aus der Sattelkammer und bestrich nacheinander alle Hufe so sorgfältig damit, als wäre es das letzte Mal. „Ich muss Lina zeigen, wie man das macht", murmelte sie dabei vor sich hin und versuchte den Kloß hinunterzuschlucken, der in ihrem Hals steckte. Jetzt nur nicht losheulen!

„So, jetzt bist du frisch und sauber."

Sternentänzer schien hocherfreut darüber. Jetzt bestand er auf seiner Belohnung und drängte mit dem Kopf gegen Carolins Brust. Beinahe wäre sie umgefallen. „Hey, nicht so stürmisch", lachte sie. Während der Hengst an einem Apfel knabberte, strich sie zärtlich über sein seidenweiches Fell. „Wir können uns eine Zeitlang nicht sehen, Sternentänzer", murmelte sie.

Sternentänzer senkte den Kopf und schnaubte sanft. Seine Ohren waren gespitzt, als würde er ihr genau zuhören. Als habe er verstanden, hörte er augenblicklich auf zu kauen und rieb seinen Kopf an ihr. „Lina wird sich um dich kümmern", flüsterte Carolin in sein Samtohr. Das Pferd scharrte unwillig mit den Hufen. „Ich sag ihr, was du gerne magst." Jetzt senkte der Hengst seinen Kopf und schnaubte so behutsam über Carolins Handflächen, als wollte er sie trösten.

In Carolins Augen standen wieder die Tränen. „Du wirst sehen, es dauert bestimmt nicht lang. Bald sind wir wieder zusammen", sagte sie, mehr um sich selbst zu beruhigen, als an Sternentänzer gewandt. Dessen Ohren waren steil aufgestellt, als wollte er kein Wort versäumen, das sie zu ihm sagte. Schließlich wieherte er leise und legte seinen Kopf auf ihre Schulter. Carolin spürte seinen warmen Atem auf ihrem Gesicht.

Auf einmal steckte Nick den Kopf in die Box. „Hier steckst du! Gunnar hat mich informiert."

Carolin konnte nur nicken.

„Schöner Mist." Nick kratzte sich ratlos am Kopf.

Carolin blickte verzweifelt.

„Und wenn du Gunnar alles erzählst?", meinte Nick dann.

„Was denn?"

„Sternentänzers Geheimnis."

Carolin fuhr herum. „Nein. Niemals. Das kommt gar nicht in Frage!", fauchte sie.

„Du musst mir versprechen, dass du es auch nicht tust!"

Nick hob abwehrend die Hände. „Kannst dich auf mich verlassen, weißt du ja. Aber warum eigentlich nicht? Ich bin sicher, Gunnar würde dicht halten und er würde vieles besser verstehen. Außerdem wärst du raus aus der Schusslinie."

„Auf gar keinen Fall! Es ist Sternentänzers Geheimnis. Ich habe es herausgefunden, weil er es so wollte. Du weißt es nur, weil ich mit jemandem darüber reden musste, als ich Lina noch nicht kannte. Und Lina weiß es, weil sie meine allerallerbeste Freundin ist und mir geschworen hat, dass sie es nie weitererzählt." Carolin redete ohne Punkt und Komma. „Und da ist noch was, Nick: Jedes Mal, wenn ich jemandem das Geheimnis erzählt habe, ist etwas Schreckliches mit Sternentänzer geschehen." Carolin holte tief Luft. „Lieber nehme ich jede Strafe auf mich!"

Wenn Eltern sich verbünden

An diesem Tag radelte Carolin so langsam wie noch nie nach Hause. Ihre Beine schienen wie aus Blei. Der Schock saß so tief, dass sie kaum einen klaren Gedanken fassen konnte. *Lindenhainverbot. Sternentänzer nicht mehr sehen. Lindenhainverbot. Sternentänzer nicht mehr sehen, Lindenhainverbot. Sternentänzer nicht mehr sehen,* ging es in ihrem Kopf hin und her. Zu Hause angekommen drehte Carolin ganz vorsichtig den Schlüssel im Schloss, öffnete die Haustür einen kleinen Spalt und lauschte vorsichtig. Nichts zu hören. *Gut so! Lass Ines nicht zu Hause sein,* hoffte sie inständig. Sie hatte jetzt keine Lust auf Auseinandersetzungen mit ihrer Mutter. Doch sie hoffte vergeblich.

„Carolin“, rief es aus der Küche.

Mit hängendem Kopf schlich Carolin in die Küche. Dort saß Ines vor einem Inhaliergerät. Daneben stand eine Flasche Hustensaft. Eine Packung Tabletten lag auch auf dem Tisch. Die ganze Wohnung roch nach Kamille und Pfefferminz. Schon seit einigen Tagen litt Ines unter einer Erkältung und war in dementsprechend schlechter Stimmung. „Carolin!", krächzte sie nun mit heiserer Stimme. Immer, wenn sie „Carolin" sagte statt „Caro", zog Ärger auf. „Dein Lindenhain-Gunnar hat vorhin bei mir angerufen", setzte die Mutter streng hinzu.

Carolin schwieg. Gunnar hatte also sofort ihre Mutter informiert, um sicherzugehen, dass sie nur ja nicht mehr auf Lindenhain auftauchte. Ihre Wut auf den Reiterhofbesitzer wurde immer größer.

„Ich konnte kaum glauben, was er mir erzählt hat", sagte ihre Mutter nun mit verdächtig ruhiger Stimme. Sie schüttelte den Kopf. „Ausgerechnet meine Tochter!"

Carolin sagte noch immer nichts.

„Ich fasse es einfach nicht, hatschi, dass du Probleme mit der Polizei hast!" Ines sprach jetzt mit einer Stimme, die höchste Empörung verhieß. Sie musterte Carolin von oben bis unten. „Und überhaupt, was hast du mit deinen Klamotten gemacht?" Beim Ritt über den Matschboden hatte Carolins beigefarbene Reithose ein dunkelbraunes Muster bekommen und sogar ihr weißes T-Shirt zierten einige Schlammspritzer.

„Du siehst aus wie aus einem Sumpf gezogen", schimpfte Ines. „Aber das hat ja jetzt ein Ende."

Wenn die Situation nicht so traurig gewesen wäre, Carolin wäre spätestens jetzt in schallendes Gelächter ausgebrochen. Ines sah einfach zu komisch aus, mit dem Inhalier-Gerät vor dem Gesicht, der triefenden Nase, den verschwollenen Augen und den Haarsträhnen, die quer über ihrer Stirn klebten.

„Und dass wir uns richtig verstehen", fauchte Ines noch. „Ständig muss ich deine völlig verdreckten und stinkenden Reithosen waschen. Dazu hab ich keine Lust mehr. Das machst du in Zukunft selbst!"

Dagegen ließ sich schwerlich etwas einwenden.

Die Mutter lehnte sich zurück. „Hast du mir eigentlich gar nichts zu sagen?", fuhr sie Caro an.

„Ich ...", begann Carolin. Und schwieg. Was sollte sie auch sagen?

Hilflos ließ Ines die Arme fallen. „Was hab ich bloß falsch gemacht mit dir?"

Carolin holte tief Luft. „Mam, ich muss unbedingt zu Lina."

„Zu Lina?", wiederholte ihre Mutter ungläubig.

„Ich muss ihr doch sagen, wie sie mit Sternentänzer umgehen muss. Wie er seine Karotten mag und sein Kraftfutter und wo er kitzlig ist und wie sie das Fell bürsten soll."

„Ich höre wohl nicht richtig! Das meinst du doch nicht im Ernst!", keuchte Ines und ihr Kopf wurde röter. „Du wirst von der Polizei verhört, bekommst Hofverbot und hast nichts anderes im Kopf als dein Pferd?" Die Mutter stemmte die Arme in die Seiten.

„So kommst du noch in Teufels Küche", schimpfte Ines. „Hatschi!"

Es klingelte.

„Machst du bitte die Tür auf?", verlangte die Mutter.

Carolin sah sie fragend an. Es klingelte erneut.

„Würdest du bitte deinem Vater die Tür aufmachen?", wiederholte Ines wütend.

Carolin sah ihre Mutter an, als hätte diese Besuch vom Mars angekündigt. An das letzte Mal, als ihr Vater bei ihnen zu Hause gewesen war, konnte sie sich kaum noch erinnern. Seit der Geschichte mit Rosanna, der Geliebten oder inzwischen Ex-Geliebten ihres Vaters, hatten sich ihre Eltern nicht mehr viel zu sagen.

„Paps kommt? Hierher?“, stammelte Carolin ungläubig und ein Funken Hoffnung keimte in ihr auf. *Paps erfüllt mir jeden Wunsch, wenn wir uns treffen, vielleicht steht er jetzt auf meiner Seite*, überlegte sie.

„Du bist ebenso meine Tochter, wie seine!“ Ines fiel das Sprechen schwer. „Und deswegen müssen wir auch gemeinsam eine Lösung finden.“

Es klingelte schon wieder.

Carolin riss die Tür auf. „Paps!“, rief sie und wollte ihm um den Hals fallen. Doch als sie in sein Gesicht schaute, beschloss sie, sich besser zurückzuhalten.

Sein Mund war verkniffen, seine Augen blickten traurig, die Hände hatte er tief in seine Manteltaschen vergraben. Als er dann auch noch in ernstem Ton „Guten Tag, Carolin“ sagte, erstickte der Funken Hoffnung in ihr. So hatte er noch nie mit ihr gesprochen. Förmlich wie ein Lehrer, der eine Klassenarbeit mit einer schlechten Zensur austeilt.

„Komm in die Küche, Paul.“

„Guten Abend, Ines“, begrüßte Paul seine Ex-Frau und setzte sich auf den Stuhl neben sie.

Bei ihr brachen jetzt alle Dämme. „Es ist ein Alptraum. Meine Tochter. Was hab ich nur falsch gemacht!“

Paul legte die Hand auf ihre Schulter. „Nicht du allein, Ines. Wir haben wohl beide einiges versäumt."

Carolin lehnte im Türrahmen und beobachtete die elterliche Vereinigung. *Zwei gegen einen, das ist verdammt unfair,* dachte sie.

„Es ist wohl unser beider Schuld", meinte ihr Vater. „Wir waren so mit unseren Problemen beschäftigt, dass wir Carolin ganz übersehen haben. Vielleicht hat ihr ja auch unsere Scheidung so zugesetzt, dass sie etwas verwahrlost ist. Sie hat wohl die Orientierung verloren."

„Du hast ja Recht, Paul", nickte Ines schluchzend und schneuzte geräuschvoll in ein frisches Papiertaschentuch.

Die reden über mich, als wäre ich gar nicht anwesend, dachte Carolin. *Bin mal gespannt, was als Nächstes kommt. Wahrscheinlich das Thema Internat. Davon haben sie schon öfter gesprochen. Als sei das die perfekte Lösung – der Trumpf gegen meine „Verwahrlosung" sozusagen. Aber wenn ich sowieso nie wieder nach Lindenhain darf, dann ist es mir eigentlich ziemlich egal, wo ich bin. Dann kann ich genauso gut in ein Internat gehen,* überlegte sie traurig. *Auch schon egal. Sowieso alles egal.*

„Carolin, wir haben uns was überlegt", kam es prompt von Paul.

„Genau", nickte Ines zustimmend.

Langsam machte sich ein Anflug von Panik bei Carolin breit. Was, wenn das Internat richtig weit weg war? Von ihren Freunden? Wenn sie Lina nur noch in den Ferien sehen würde? Was, wenn sich der wahre Täter dann doch noch fand? So, dass sie von jedem Verdacht frei wäre und eigentlich wieder zurück nach Lindenhain könnte? Nur, dass sie dann bereits meilenweit weg im Internat wäre?

„Wir müssen eine Lösung finden. Gemeinsam.“

Ob Paul jetzt doch wieder bei ihnen einziehen wollte? Carolin sah von einem zum anderen, beide nickten einstimmig.

„Wir werden eine Familientherapie machen“, erklärte ihr Vater mit Nachdruck.

„Das tun wir“, nickte Ines.

Carolin starrte ihren Vater überrascht an. „Eine was?“

„Du hast richtig gehört. Wir werden alle zusammen zu einem Psychotherapeuten gehen, über unsere Probleme sprechen und sie gemeinsam aufarbeiten. Jeder spricht aus, was ihn bedrückt und dann reden wir eben darüber.“

Carolin atmete insgeheim auf. *Alles, nur kein Internat.*

„Freu dich nicht zu früh. Dein unmögliches Benehmen muss natürlich trotzdem bestraft werden“, fügte Ines hinzu.

„Stimmt“, nickte Paul. „Strafe muss sein!“

„Du bekommst Hausarrest. Die nächsten zwei Wochen gibt’s für dich nur Schule und sonst nichts. Damit du endlich mal wieder zum Lernen kommst.“

Mir doch egal, dachte Carolin. *Ich will sowieso nur nach Lindenhain.* Aber etwas musste sie noch klären. „Also gut, aber vorher muss ich noch zu Lina. Jetzt. Wegen

Sternentänzer. Mam! Paps!“, flehte sie. „Bitte! Es ist wichtig! Nur ganz kurz!“

Ihre Mutter sah sie scharf an und schüttelte den Kopf. „Carolin! Du scheinst nicht gehört zu haben, was wir dir gerade eben erklärt haben.“

„Aber …“

„Keine Widerrede!“

„Ich muss aber …“ Carolin stampfte wütend mit dem Fuß auf. „Ihr begreift überhaupt nichts!“

„Jetzt ist Schluss“, rief ihre Mutter wütend „Du hältst sofort den Mund und gehst in dein Zimmer. Wenn ich noch ein Widerwort höre, darfst du nie wieder nach Lindenhain! Dann wird Sternentänzer verkauft. Langsam hab ich nämlich die Nase voll von deinen Flausen.“

„Paps?“ Carolin setzte ihren flehentlichsten Blick auf und sah zu ihrem Vater.

Doch der blieb hart wie Stein und hob nur die Schultern. „Du hast ja gehört, was deine Mutter gesagt hat.“

„Ich hasse euch! Alle beide!“, brüllte Carolin, lief nach oben in ihr Zimmer und warf sich schluchzend auf das Bett. In ihrem Rücken spürte sie die Blicke ihrer Eltern, die angeblich genau wussten, was gut für sie war. Jetzt wo sie allein war, tat es merkwürdig gut zu weinen. Die Nase fing an zu laufen und mit dem Ärmel wischte sie immer wieder die Tränen von den Wangen. Der ganze Stress der letzten Wochen brach aus ihr heraus. Schließlich trommelte sie mit beiden Fäusten gleichzeitig auf die Matratze ein. Am Ende fühlte sich Carolin völlig erschöpft und schlief ein.

Die Prophezeiung

In den nächsten Tagen verzog Carolin sich gleich nach der Schule in ihrem Zimmer. Sie ging auf und ab darin wie ein Tiger im Käfig. Immer wieder blieb sie vor Sternentänzers großem Foto stehen, das an ihrer Zimmertür hing. Dann streichelte sie über das kalte Papier und sehnte sich danach, sein weiches Fell zu berühren. Manchmal saß sie am Fenster und starrte stundenlang mit leerem Blick nach draußen. So wie heute. Der Himmel war so düster wie ihre Stimmung. Grau, neblig und ab und zu nieselte es ein bisschen. Das Schlimmste aber war die Ungewissheit. Seit Tagen geisterte es durch ihren Kopf: *Was, wenn sich niemals klärt, wer der wirkliche Täter ist? Dann sind die Pferde ihm hilflos ausgeliefert.*

Während sie wieder einmal darüber nachdachte, klopfte es an der Tür. Ines brachte ihr einen Teller voller Kekse. „Ich hab dir was zum Naschen gebracht“, meinte die Mutter, deren Zorn mittlerweile verraucht war.

Carolin drehte den Kopf zum Fenster. „Keine Lust.“

„Es sind die mit Schoko-Chips, deine Lieblingskekse.“

„Nein danke, keine Lust“, murmelte Carolin.

Ines stellte den Teller trotzdem auf den Tisch und ging zu ihrer Tochter. Sie strich ihr die Haare hinter die Ohren. Carolin hasste das, zog abrupt den Kopf weg und schnaufte genervt. Konnte Ines sie nicht wenigstens jetzt in Ruhe lassen? Das Mitleid jedenfalls konnte sie sich sparen. Oder glaubte sie, dass die zwei Wochen Hausarrest durch die Kekse versüßt würden? Ines zog die Hand wieder zurück und schlich sich aus dem Zimmer.

Als die Mutter verschwunden war, hüpfte Carolin vom Fensterbrett und holte sich einen Keks. Schließlich waren es wirklich ihre Lieblingskekse. Zärtlich strich sie über das silbern gerahmte Bild von Sternentänzer, das auf ihrem Schreibtisch stand. Sie drehte das Bild um. Hinten drin steckte ein Zettel. Carolin faltete ihn sorgfältig auseinander.

„In einer stürmischen Vollmondnacht schlägt ein Blitz in eine jahrhundertealte Eiche und eine Sternschnuppe fällt vom Himmel. Im gleichen Moment wird ein wunderschöner Schimmel mit einem kleinen schwarzen Stern auf der Stirn geboren. Dieser Schimmel, schön wie der junge Morgen, verfügt über außergewöhnliche Kräfte, er kann in die Zukunft blicken. Doch seine magischen Kräfte erfährt nur, wer sein Vertrauen besitzt.“ Es war der Zettel aus der Bücherei. Damals hatte sie von Sternentänzers magischen Fähigkeiten erfahren. Carolins Augen füllten sich mit Tränen. „Wann werde ich jemals wieder mit Sternentänzer in einer Vollmondnacht ausreiten können?“, schluchzte sie und warf sich verzweifelt auf ihr Bett.

Wieder klopfte es.

„Was denn noch?“, fragte Carolin so genervt sie nur konnte.

Statt zu antworten, streckte Ines ihr das Telefon durch die geöffnete Tür entgegen und zog sich dann gleich wieder zurück.

„Hallo?“, bellte Carolin missmutig in den Hörer.

„Hallo!“ Es war Danny!

„Oh, du“, stammelte Carolin verwirrt und setzte sich auf dem Bett auf. Sie war völlig erstaunt. Damit hätte sie im Leben nicht gerechnet. Sie hätte höchstens verblüffter reagieren können, wenn der Präsident der Vereinigten Staaten angerufen hätte.

„Stör ich?“

„Nein, natürlich nicht.“

„Wollte nur mal kurz hören, wie's dir so geht.“

Carolin holte tief Luft. „Ganz gut.“

„Lindenhain ist nicht mehr das Gleiche, seit du nicht mehr da bist.“

Carolin lächelte durch ihre versiegenden Tränen. Die Schmetterlinge in ihrem Bauch fingen wieder an zu flattern. Nervös zupfte sie an den Ecken ihres Kopfkissens. „Wie geht es Sternentänzer? Hast du mal nach ihm gesehen?“, fragte sie Danny.

„Öhm, nein, aber Lina kümmert sich bestimmt super um ihn.“

„Ja klar“, meinte Carolin und knetete weiter die Kissenecke. „Und sonst?“

„Vorhin war ich an unserem Platz, oben bei der Linde.“

„Schön." Carolin lächelte. Beim Gedanken an ihren allerersten Kuss lief es ihr heiß und kalt den Rücken hinunter.

„Sag mal, Caro", begann Danny dann. „Ich würde dich gerne wieder sehen. Wir könnten uns ja auch woanders treffen, was meinst du?"

„Ich würde dich auch gerne sehen", seufzte Carolin. „Aber leider hab ich verschärften Hausarrest. Außer Schule geht im Moment gar nichts."

„Schade."

„Ja."

„Du, dann freu ich mich schon, wenn du wieder kommst."

„Ich auch."

„Bis dann."

Carolin legte auf und presste das Kissen ganz fest an ihr Herz.

Am nächsten Tag in der großen Pause kam Lina zu Caro und legte den Arm um sie. „Ich schätze, wir müssen Ami fragen."

Carolin sah sie verständnislos an. „Was fragen?"

Lina warf ihre langen Haare in den Nacken. „Na, wann du wieder mit Sternentänzer zusammen sein kannst."

Carolin verzog den Mund zu einem schiefen Lächeln. „Erstens kann deine Großmutter leider nicht in die Zukunft sehen. Und zweitens hab ich Hausarrest."

Lina klopfte mit der Hand auf Caros Schulter. „Du bist so schlecht drauf, dass ich das nicht mehr mit ansehen kann. Du guckst wie ein Stiefmütterchen, das drei Wochen lang nicht mehr gegossen wurde.“

Carolin sah die Freundin an. In ihren Augen glitzerten Tränen. „Ich vermisse Sternentänzer so. Und Lindenhain. Nick, Eulalia, Herrn Maier und sogar den doofen Gunnar. Ich würde Tag und Nacht den Stall ausmisten, die nächsten zehn Jahre lang, wenn ich nur wieder hin dürfte, verstehst du?“ Sie wischte sich die Augen. „Und ich vermisse auch Danny. Was, wenn ich nie wieder nach Lindenhain darf, Lina?“

Die atmete tief durch. „Okay, in der nächsten Stunde haben wir Englisch. Ich sage Miss Strawberry einfach, dass mir ganz schrecklich übel ist. Dass ich wohl was Schlechtes gegessen haben muss. Sie hat ein Herz, früher oder später schickt die mich heim. Und dann kommst du.“

„Wie? Womit?“

„Dir wird es plötzlich auch ganz schrecklich übel. So ungefähr eine viertel Stunde nach mir.“

Carolin schüttelte den Kopf. „Das merkt die doch.“

„Soll sie ja auch. Du erzählst ihr, dass du gestern abend bei mir gegessen hast. Meine Großmutter, die nicht mehr ganz so gut sieht, hätte gekocht und wer weiß was die in die Suppe gekippt hat und so weiter … Dabei krümmst du dich vor Bauchschmerzen. Irgendwann erbarmt sich die gute Strawberry und schickt dich auch heim. Ich warte bei Ami auf dich.“

Carolin sah die Freundin zweifelnd an. „Und das soll funktionieren?“

Es funktionierte tatsächlich. Die Englischlehrerin ermahnte Carolin, heute nur noch Kräutertee zu sich zu nehmen und ließ sie ebenfalls gehen. Eine Stunde später standen die Freundinnen bei Ami im Wohnwagen. Es war schon eine ganze Weile her, dass Carolin die Großmutter von Lina besucht hatte. Doch es sah aus wie früher. An Tür und Fensterrahmen klebten weiterhin diese merkwürdigen kleinen Kräuterhäufchen. Im Vogelkäfig aber zwitscherte jetzt nur noch ein Wellensittich. Von seinem grünen Gefährten fehlte jede Spur.

Auch Ami sah noch genau so aus, wie Carolin sie in Erinnerung hatte. Sie trug weite Röcke und eine altmodische Bluse. Ihr lockiges Haar trug sie lang wie Lina. Nur war ihres grau und sie hatte ein Tuch darüber gebunden. Amis Gesicht war braun gebrannt und von vielen Fältchen durchzogen. Sie hatte schmale Lippen und ein Schneidezahn fehlte ihr. Die Hände sahen knorrig aus, so voller Sehnen und Adern waren sie.

„Hallo, meine liebe Ami.“ Lina umarmte ihre Großmutter zur Begrüßung so heftig, dass deren Ohrringe klimperten wie ein Windspiel. „Liebste Ami, wir brauchen dich! Es ist sehr ernst. Nur du kannst uns noch helfen.“

Ami befreite sich lächelnd aus der Umarmung. „Jetzt setzt euch erst mal und trinkt einen Glückstee, dann sieht die Welt gleich wieder anders aus." Sie stellte den Mädchen dampfende Tassen auf den Tisch.

Lina schüttelte den Kopf. „Da hilft auch kein Glückstee, Ami."

Die Großmutter drehte sich zu Carolin und blickte sie eindringlich mit ihrem sonderbaren zweifarbigen Augen an. Eines war hellgrün wie eine saftige Wiese, das andere dunkelgrün wie Moos unter Tannen. Carolin hatte für einen Moment das Gefühl, als könne die alte Frau tief in ihre Seele blicken. Sie fühlte sich so ruhig wie schon lange nicht mehr. Dann strich Ami ihr sacht über die Stirn. „Ich weiß, ich weiß."

Lina nippte an ihrem Tee und verzog das Gesicht. „Dieser Glückstee schmeckt ja furchtbar. Können wir nicht deinen leckeren Jasmintee bekommen?"

Auch Carolin brachte kaum einen Schluck herunter. Das sah aus wie Regenwasser in einer Pfütze und schmeckte irgendwie verbrannt.

Ami lächelte weise. „Wer sagt denn, dass Glück von Anfang an gut schmeckt? Süß und angenehm? Das große Glück kommt am liebsten auf Umwegen. Vorher muss man viel Bitteres schlucken." Während ihres letzten Satzes sah sie Carolin an.

Nun öffnete Ami ihren geheimnisvollen Holzschrank. In diesem Kasten waren viele verschraubte Gläser auf den Regalböden aufgereiht. Den Inhalt konnte man nur teilweise erkennen: In einem lagen tote Insekten. Auf einem anderen Glas klebte ein Schildchen mit der Aufschrift „Wurzeln", auf dem nächsten stand „Kräuter", daneben stand eins mit der Aufschrift „zerstoßene Knochen“. Die alte Frau nahm ein Glas mit der Aufschrift „Insekten“ heraus. Und eins mit Muschelschalen. Dann zögerte sie einen Moment und griff auch noch nach dem Glas mit den zerstoßenen Knochen.

„Dann kann's ja losgehen!“, meinte Lina und rieb sich erwartungsvoll die Hände.

Auch Carolin war gespannt. Ihre Freundin hatte ihr zwar schon viel von Amis geheimnisvollen Ritualen erzählt, doch noch nie zuvor hatte sie zusehen dürfen.

„Zieht die Vorhänge zu!“, befahl die Großmutter.

Als alles dunkel war, holte sie zwei Tücher aus einer Schublade. Es waren wunderschöne Stoffe: schwarz, hauchdünn und mit feinen Goldfäden durchwoben.

„Das ist echtes Gold“, flüsterte Lina Carolin ins Ohr.

Eines der Tücher breitete Ami auf ihrem Küchentisch aus. Aus einer Schublade nahm sie ein Bündel schwarzer Kerzen, die sie um das Tuch herum aufstellte und anzündete. Ein ganz eigenartiges Licht erleuchtete nun den kleinen Wohnwagen. Die Kerzen verbreiteten eine leichte Wärme.

Ami nahm die Schraubgläser, leerte sie aus und formte mit dem Inhalt jeweils ein Häufchen auf dem Tisch. Alle Häufchen waren etwa gleich groß. Dann nahm Ami das Tuch an den vier Enden und schüttelte den Inhalt einmal kräftig durch. Sie murmelte etwas vor sich hin und breitete das Tuch vorsichtig wieder auf den Tisch aus. Aus den drei Häufchen war eine große Fläche geworden. Nun stützte Ami den Kopf auf die Hände und starrte wie gebannt auf das Tuch. Den Freundinnen schien es ewig zu dauern. Carolin nahm Linas Hand in die ihre.

„Marudishkaukaushika", murmelte Ami auf einmal und schloss die Augen.

Lina packte ihre Großmutter am Arm. „Was ist denn?"

Die aber schüttelte Linas Arm ab und legte den Zeigefinger auf ihren Mund. „Schschsch."

Dann wedelte sie mit dem zweiten Tuch über den Tisch, schloss die Augen und atmete ganz tief ein und aus. Ihr Atem wurde schneller. Unter ihrer gebräunten Haut wurde sie auf einmal kreidebleich. Dann murmelte sie wieder „Marudishkaukaushika".

Carolin knabberte vor Aufregung an ihren Fingernägeln.

Auf einmal schüttelte die Großmutter den Kopf hin und her. Schneller und schneller. Sie schien in Trance zu geraten. Ihre Bewegungen wurden langsamer. Erneut stützte sie das Gesicht auf die Hände und starrte auf das Tuch wie zuvor. Endlich öffnete sie wieder die Augen. Ein Ruck ging durch ihren Körper. Sie deckte mit dem Tuch, mit dem sie zuvor gewedelt hatte, das andere Tuch zu.

„Ami! Sag doch was!"

Die Stimme ihrer Enkelin schien die Alte wieder aus ihrer Trance zu holen. Langsam drehte sie ihr den Kopf zu. In ihren Augen war ein seltsames Leuchten. „Ein großes Feuer wird kommen", sagte sie. Ihre Stimme war tief. „Dieses Feuer wird die Wahrheit ans Licht bringen." Mit diesen Worten erhob sich Ami, blies die Kerzen aus, schüttete das Häufchen-Gemisch behutsam zurück in eines der Gläser und verstaute Tücher und Kerzen wieder in der Schublade.

„Lina, mach die Vorhänge wieder auf", befahl sie mit normaler Stimme.

Carolin war heilfroh, als endlich wieder Tageslicht in den Wohnwagen drang.

„Hast du denn auch gesehen, was mit Carolin und Sternentänzer geschehen wird?", bohrte Lina.

Die Großmutter lächelte geheimnisvoll. „Das Feuer wird alle Fragen beantworten."

„Wann, Ami?"

„Schon bald, schon bald. Ich muss jetzt gehen. Bitte schließt die Tür hinter euch ab." Kaum hatte sie ausgesprochen, da war sie auch schon verschwunden.

„Puh", machte Carolin beeindruckt. „Das war echt große Klasse!"

Lina nickte. „Ami ist genial. Einfach genial." Sie sprang auf, zog das schwarze Tuch aus der Schublade und wedelte damit durch die Luft. „Was meinst du? Werde ich auch mal so genial wie meine Ami?"

Carolin kicherte. „Im Moment siehst du eher aus wie ein wild gewordener Kobold."

„Nein, im Ernst." Lina legte das Tuch sorgsam wieder zurück. „Ob ich Amis Gabe geerbt habe?"

„Ihre Haare hast du jedenfalls geerbt", gab Carolin zurück.

Lina sah ihre Freundin mit großen, grünen Augen an. „Wäre das nicht einfach spitzenmäßig, wenn ich so wäre, wie sie? Wie kann ich das herausfinden? Ich muss unbedingt Ami fragen, wann und wie sie ihre Begabung entdeckt hat."

Carolin seufzte. „Wenn sie nur nicht so sehr in Rätseln sprechen würde! Ein großes Feuer kommt. Wohin kommt das Feuer? Dann kommt die Wahrheit. Wann? Kommt die Wahrheit sofort nach dem Feuer? Wann ist bald? In drei Monaten, in fünf Jahren? Oder an meinem 80. Geburtstag?"

Lina nahm die Hand ihrer Freundin. „Vertrau meiner Ami. Die Wahrheit kommt ans Licht, du wirst sehen."

„Ja." Carolins Blick fiel auf die Teekanne. „Und das Glück schmeckt manchmal ganz schön scheußlich."

Fast eine Katastrophe

Die Sterne verbargen sich hinter Wolken und der Mond hing wie eine Sichel am Himmel. Nur der Abendstern blinkte schwach. Kein Lüftchen wehte. Es war totenstill bis auf das Rufen einiger vorlauter Käuzchen. Die ersten dunklen Schwaden stiegen zum Himmel empor, ohne dass es jemand merkte. Es begann zu knistern. Kreischend flogen einige Vögel davon. Bald wurden die Rauchwolken dichter und aus den schwarzen Wolken schlugen hell lodernde Flammen. Es brannte auf Lindenhain! Hinter dem Gästehaus leckten Feuerzungen empor. Sie bäumten sich auf und wurden dichter. Die Luft zitterte vor Hitze, Balken ächzten und krachten.

Lina bemerkte den Brand als erste. Sie hatte auf dem Hof übernachtet, weil sie in aller Frühe Nick mit den Ferienkindern helfen wollte. Plötzlich wurde sie von dem beißenden Geruch wach. Ob sich da jemand eine Zigarette angezündet hatte? Doch als sie aus dem Fenster blickte, sah sie die Flammen. Blitzschnell schlüpfte sie in ihren Rock und ihre Schnürstiefel und rannte durchs

Haus, um die Landschulheimkinder aufzuwecken. „Aufstehen, schnell, raus hier, es brennt!", schrie sie durch den Gang. „Alle raus hier!" Wie der Blitz rannte sie weiter zum Haupthaus und weckte Gunnar und Vicky.

„Das Handy!", schrie Lina den Reiterhofbesitzer an. Der starrte sie an, als sei sie ein Gespenst. Wieso wurde er denn schon wieder mitten in der Nacht aus dem Bett geworfen? „Ich brauche dein Handy, Gunnar!", brüllte Lina.

„Bist du verrückt? Du weckst uns mitten in der Nacht, weil du telefonieren willst?"

„Schnell!", schrie Lina ihn statt einer Erklärung an.

„Hier." Vicky, auch noch vollkommen verschlafen, warf ihr Gunnars Telefon zu.

„118", tippte Lina ins Display, um es gleich darauf wieder zu löschen. „Mist, 110, nein, verdammt, geht auch nicht! 119, Mann, wie ist gleich die Nummer der Feuerwehr?"

„114", rief Vicky ihr beunruhigt zu. Gunnar schreckte auf, griff zu seinen Jeans und fuhr hinein. Mit aufgerissenen Augen und gesträubten Brauen sah er Lina zu.

„Hallo, Feuerwehr, hallo, hier Lina Schniggenfittich. Kommen Sie bitte ganz schnell zum Reiterhof Lindenhain. Es brennt. Überall sind Flammen und ganz viel Rauch, bitte, beeilen Sie sich. Schnell!"

Jetzt endlich begriff Gunnar den Ernst der Lage. „Was sagst du? Es brennt? Lindenhain brennt?" Er packte Lina an der Schulter und rüttelte sie. „Sag das doch gleich, Mädchen!" Er zog einen Trenchcout über und rannte nach draußen.

Auf dem Hof war inzwischen die Hölle los. Die Landschulheimkinder standen in Schlafanzügen aneinander gedrängt neben dem Gästehaus. Sogar Deborah stand die Angst ins Gesicht geschrieben. Aus dem Stall war Trampeln und Schnauben zu hören, die Pferde traten in Todesangst gegen die Boxenwände. Man hörte, wie Holz splitterte. Dazwischen knisterte und knackte das Feuer. Die rechte Seite des Gästehauses war von Flammen hell erleuchtet. Am Himmel breitete sich ein rötlicher Schein aus. Der Rauch fraß sich beißend in die Lungen.

„Wasser, wir brauchen Wasser!" Gunnar schrie und fuchtelte wild mit den Armen. Er schien völlig durcheinander und verzweifelt. „Wasser! Wo bleibt denn die Feuerwehr?", brüllte er.

Es dauerte lange zehn Minuten, bis endlich zwei Feuerwehrautos mit Sirenengeheul und roter Alarmbeleuchtung in den Hof rasten. Die Mannschaft sprang ab. Während die anderen bereits Schläuche entrollten und an den Wassertank anschlossen, versuchte der Einsatzleiter sich so schnell wie möglich einen Überblick zu verschaffen.

Gunnar lief derweil konfus hin und her, bis ihm einfiel, was zu tun war. „Vicky!", brüllte er aus Leibeskräften. „Die Pferde! Wir müssen sie rauslassen! Die drehen doch durch vor Angst! Die müssen raus aus dem Stall! Die ersticken doch! Oder verbrennen! Vicky!"

„Ist noch jemand in dem brennenden Gebäude?", erkundigte sich einer der Feuerwehrmänner.

„Herrgott nochmal, ich weiß es nicht!", schrie Gunnar,

zögerte einen Moment und lief dann in Richtung Gästehaus. Der Feuerwehrmann lief ihm nach und packte ihn an der Schulter. „Sind Sie wahnsinnig, Mann? Lassen Sie das besser uns machen!“ Er winkte einem Kollegen. „Fritz, schau nach, ob sich alle Bewohner in Sicherheit befinden!“, rief er ihm zu.

„Wie heißen Sie?“, wandte er sich jetzt wieder an den Hofbesitzer.

„Gunnar, nennen Sie mich Gunnar!“

„Wie viele Personen befanden sich zum Zeitpunkt des Brandes auf Ihrem Hof?“

Gunnar überlegte einen Moment. „Da waren Vicky und ich im Haupthaus. Im Gästehaus die fünf Kinder vom Landschulheim. Ach ja und Lina, die heute ebenfalls hier übernachtet hat. Das Mädchen, das das Feuer entdeckt und Sie alarmiert hat.“

„Sehen Sie alle Bewohner hier auf dem Hof oder fehlt jemand?“

Gunnar blickte sich mit gehetztem Blick um. „Soweit ich das sehe, dürfte sich niemand mehr in dem Gebäude befinden“, meinte er dann.

„Alles klar!“ Feuerwehrmann Fritz klopfte ihm auf die Schulter und rannte zu seinen Kollegen um beim Löschen anzupacken.

Einen Moment stand Gunnar wie gelähmt da und starrte verzweifelt auf die Flammen, die langsam vom Wasser erstickt wurden. Dann schlug er die Hände vors Gesicht. Er schreckte auf. „Vicky!“, brüllte er von neuem. „Wo bist du denn?“

Seine Freundin kam mit langen Schritten auf ihn zugelaufen.

„Die Pferde, wir müssen die Pferde rausholen. Die drehen doch durch!"

„Schon passiert", beruhigte ihn Vicky. „Lina und ich haben alle Tiere auf die Weide gelassen."

„Nicht alle." Lina kam aufgelöst angelaufen. „Marhaba fehlt!"

„Wieso – wo ist er?"

Lina bückte sich keuchend, um wieder zu Atem zu kommen. „Ich hab's nicht geschafft, ihn rauszuholen", schnaufte sie. „Er wollte einfach nicht mit, stemmte sich mit aller Kraft dagegen."

„Los, komm." Vicky packte Lina am Arm und zog sie zurück in den Stall. Marhaba vollführte einen Höllentanz. Er stieg und schlug um sich. Schaum stand ihm vor dem Maul, die Augen waren geweitet vor Entsetzen, die Ohren flach angelegt. Als er Vicky und Lina kommen sah, bleckte er die Zähne und schien sich auf sie zu stürzen wollen. Vielleicht glaubte er, sie hätten das Feuer gelegt?

„Hilfe!", schrie Lina entsetzt. Sie hatte noch nie ein Pferd so aufgebracht erlebt.

Vicky sagte kein Wort, sondern streckte Marhaba ganz langsam ihre geöffnete Hand entgegen. Wieder stieg er und trat wild um sich. Doch Vicky blieb unbeweglich, streckte einfach ihre Hand hin und hielt seinem Blick stand. „Niemand will dir was tun. Du musst mitkommen, Marhaba", sagte sie dabei mit gleichmäßigem, besänftigendem Ton. „Bleib ganz ruhig. Ich werde dich jetzt rausführen. Ganz ruhig, dann wird dir nichts geschehen.“ Endlich schien sich Marhaba zu beruhigen. Er senkte den Kopf und ergab sich in sein Schicksal. Der ganze Körper des Tieres zitterte. Die Flanken zuckten. „Ruhig, mein Guter.“ Endlich gelang es Vicky, ihn an der Trense sicher aus dem Stall zu führen.

„Was war denn das? Was war mit ihm los?“, erkundigte sich Lina, die schockiert neben Vicky herlief.

„Er hat früher schon einmal ein Feuer erlebt“, sagte Vicky mit gleichmäßiger Stimme, um das Pferd nicht wieder aufzuregen. „Bei seinem Vorbesitzer. Damals war es ziemlich knapp für ihn.“

Eine Stunde später hatte die Feuerwehr die Flammen bereits unter Kontrolle. Der Himmel war wieder dunkel, das Prasseln verstummt. Nur ein leises Knistern wie von Holz im Kamin war noch zu hören. Noch eine weitere Viertelstunde und der Einsatz war offiziell beendet. Die Feuerwehrleute rollten ihre Löschschläuche zusammen.

„Das war’s dann, Herr Gunnar“, sagte der Einsatzleiter. „Die Brandherde sind alle gelöscht.“

„Gut“, nickte Gunnar, der immer noch vollkommen neben sich stand. „Vielen Dank.“

„Glück im Unglück, würde ich sagen“, meinte ein Kollege. „Keine Person ist verletzt worden und der Sachschaden hält sich ebenfalls in Grenzen.“

„Glück … Sie haben gut reden“, murmelte Gunnar und

starrte auf sein schönes neues Gästehaus, das an einer Seite schwarz verkohlt war. „Sie wissen nicht, wie es ist, wenn man mit ansehen muss, wenn beinahe alles verbrennt, wovon man immer geträumt hat."

„Kopf hoch, Herr Gunnar", meinte Feuerwehrmann Fritz. „Den Schaden reguliert ihre Gebäudeversicherung, das wird schon alles nicht so wild werden!" Er grinste. „Es sei denn, Sie haben das Feuer selbst gelegt."

„Sind Sie wahnsinnig?!", fuhr Gunnar ihn an.

Der andere hob abwehrend die Hände. „War nur ein Spaß. Zugegeben, kein besonders glücklicher. Aber im Ernst: Das sieht verdammt nach Brandstiftung aus."

„Das kann doch gar nicht sein", murmelte Gunnar zutiefst erschrocken.

„Jedenfalls haben wir Benzinspuren gefunden."

„Der Stall ist okay, ich bringe die Pferde wieder zurück, ja?", schlug Vicky vor.

Gunnar nickte abwesend. Er wusste nicht, was er von den Eröffnungen des Feuerwehrmannes halten sollte. Das konnte doch nicht wahr sein!

Vicky kümmerte sich um die Tiere. Lina ging zuerst zu Sternentänzer, der sich wilder und unruhiger gebärdete als die anderen Pferde. Er warf den Kopf hin und her und tänzelte auf der Stelle.

„Ganz ruhig." Lina versuchte, ihn am Halfter festzuhalten. „Still, Sternentänzer, ich weiß, dir fehlt Caro, aber sie kommt bald wieder, ganz bestimmt."

Doch Sternentänzer wurde mit jedem Wort ungestümer.

Lina hob die Stimme. „Hey, Süßer, Caro würde bestimmt nicht wollen, dass du dich so aufführst! Komm schon, steh still!“

Für einen Moment schien Sternentänzer tatsächlich ruhiger zu werden und Lina konnte ihn endlich von der Koppel in den Hof führen. Doch kaum waren sie dort angekommen, da warf er wie wild den Kopf umher, wieherte lauthals und wollte sich offenbar mit aller Gewalt aus Linas Griff befreien. Die konnte ihn kaum noch bändigen.

„Sternentänzer, ruhig!“ Angestrengt versuchte Lina das Pferd in den Griff zu bekommen.

Eine Weile gelang es ihr, ihn auf der Stelle zu halten, dann schwanden für einen Moment ihre Kräfte. Darauf schien der Hengst nur gewartet zu haben: Er entzog sich Linas Händen im Bruchteil einer Sekunde. Ohne zu zögern galoppierte er auf den Stall zu, blieb kurz vorher abrupt stehen, stieg und wieherte mit aller Kraft. Beinahe unheimlich zeichnete sich die Silhouette des tobenden Pferdes vor dem nächtlichen Himmel ab.

„Vicky!“, rief Lina aus Leibeskräften. „Er dreht völlig durch – Sternentänzer!“

„Verdammt, wie kriegen wir den jetzt wieder?“, sagte Vicky, die atemlos hinterher lief. „Das Feuer macht die Tiere einfach verrückt! Obwohl es seltsam ist, dass er erst jetzt so durchdreht. Vorhin ging es ja noch.“

„Was sollen wir denn nur machen?“, fragte Lina angstvoll, während sie beobachtete, wie Sternentänzer sich aufführte. „Vielleicht ist er krank? Eine Rauchvergiftung?“

„Am Besten, ich alarmiere Doktor Schulz", überlegte Vicky.

„Oder wir rufen Caro an", schlug Lina vor. „Die kann Sternentänzer bestimmt beruhigen."

„Was ist denn hier los?" Jetzt kam Gunnar dazu.

„Es ist Sternentänzer", stammelte Lina. „Er hat sich losgerissen."

„Lass uns den Tierarzt rufen", setzte Vicky hilflos hinzu.

„Ach was!" Gunnar atmete tief durch, dann näherte er sich mit langsamen Schritten dem aufgebrachten Pferd. „Guter Sternentänzer, ja, lieber Sternentänzer", sagte er mit ruhiger, warmer Stimme. Je mehr Gunnar sich näherte, desto ruhiger wurde der Hengst.

Jetzt schnaubte er und schaute dem Mann entgegen, als wollte er sagen: Komm näher!

Als Gunnar vor ihm stand, sah er, worauf Sternentänzer so heftig reagiert hatte. Er glaubte seinen Augen nicht zu trauen.

„Ich fasse es nicht", sagte der Reiterhofbesitzer.

Was ist mit Danny los?

Lina lief zu Gunnar und streichelte das schweißnasse Pferd. Sternentänzer zitterte am ganzen Leib. Dennoch stand er inzwischen vollkommen still. Vor dem Hengst kniete eine Gestalt wie ein Häufchen Elend. Die Anorak-Kapuze war bis über die Augen gezogen. Ein Junge – sein Gesicht war rußgeschwärzt und von seinen blonden Haaren tropfte es, als hätte er eben geduscht.

„Was geht denn hier ab?“, wunderte sich Lina.

Gunnar zuckte die Achseln. „Das werden wir gleich herausfinden.“ Er näherte sich dem Jungen, der sich wie eine Schildkröte in seinen Anorak verkroch.

„Hey, keine Angst, wir tun dir nichts.“ Gunnar kniete sich neben ihn nieder und legte ihm vorsichtig die Hand auf den Arm. Da guckten unter der Kapuze zwei himmelblaue, gerötete Augen hervor.

Lina schlug die Hände vors Gesicht. „Danny? Du?“

Der Junge schob bebend die Kapuze zurück.

Gunnar nahm ihn in den Arm und drückte ihn an sich.

„Du armer Junge, du hast dich vor dem Feuer gefürchtet!“ Er ließ wieder los, legte Danny aber den Arm um die Schultern. „Du musst keine Angst mehr haben, es ist alles vorbei.“

„Auh!“ Ein Schmerzensschrei des Jungen unterbrach Gunnar. Jetzt erst bemerkte er, dass Danny krampfhaft mit der rechten Hand seinen linken Arm umklammert hielt. Ganz vorsichtig löste Gunnar den Griff. Im Ärmel des Jungen klaffte ein großes, schwarzes Brandloch. Darunter kam verbrannte Haut zum Vorschein.

„Verdammt! Danny hat was abgekriegt!“ Gunnar stand auf und zog den Jungen etwas mehr ins Licht der Stalllaterne.

Der Junge hustete und konnte gar nicht mehr aufhören, die Tränen liefen ihm über die Wangen und er fasste sich qualvoll an den Hals.

„Vicky!“

„Großer Gott!“

„Ruf sofort einen Krankenwagen … und hol Wasser, seine Lunge muss brennen wie Feuer.“ Aufmerksam betrachtete Gunnar nun die Wunde. „Das sieht gar nicht gut aus. Junge, du musst sofort in die Notaufnahme.“

Inzwischen brachte Lina Sternentänzer zurück in den Stall. Dann ging sie zu Gunnar.

„Was ist denn passiert?“, fragte sie, doch von Danny kam keine Antwort.

Gunnar legte die Hand auf ihre Schulter. „Lass ihn, Lina. Er steht unter Schock.“

„Sein Arm sieht schrecklich aus, oder?“

„Halb so wild“, meinte Gunnar. „Sieht schlimmer aus, als es ist.“

Vicky kam angelaufen. „Der Krankenwagen muss jeden Moment kommen.“ Kaum hatte sie ausgesprochen, da bog er auch schon mit Blaulicht auf den Hof. Routiniert luden die Männe eine Bahre aus und legten Danny vorsichtig darauf. Der Junge war ganz ruhig und hatte die Augen geschlossen. Sein Gesicht war schmerzverzerrt.

Lina wickelte sich aufgeregt eine Haarsträhne um den Finger. „Der arme Danny! Ich muss es Caro sagen!“, fiel ihr dann siedendheiß ein. „Ich muss sofort zu Caro!“

„Lina, es ist mitten in der Nacht. Es reicht, wenn du ihr das morgen alles erzählst!“, meinte Gunnar und sah den Rücklichtern des Krankenwagens nachdenklich hinterher. „Merkwürdig.“

„Was meinst du?“

Gunnar schüttelte den Kopf. „Ich frage mich die ganze Zeit, wie sich der Junge diese Verletzung geholt hat.“

Lina überlegte. „Vielleicht hat er ja den Täter gesehen und wollte ihn aufhalten. Vielleicht ist es dabei passiert?“

„Das sah aber eher aus, als wäre eine Stichflamme an seinem linken Arm hoch geschossen.“

„Oder er wollte jemanden retten, der noch im Haus war und hat sich dabei verletzt?“, mutmaßte Lina.

„Irgendwie kommt mir das alles sehr seltsam vor“, überlegte Gunnar weiter, ohne auf das Mädchen einzugehen.

„Danny ist Linkshänder“, sagte Lina nun.

Gunnar sah sie mit zusammengezogenen Augenbrauen an. Dann ging er mit schweren Schritten zum Gästehaus. Er bückte sich, berührte den Boden, der noch warm war und ließ Asche durch seine Hände rieseln.

Am nächsten Tag kam Lina nicht in die Schule. Heute beunruhigte Carolin der Anblick ihrer leeren Bank. Dabei schwänzte Lina immer mal wieder die Schule – ganz ohne Grund, einfach so. Wenn die Sonne schien und sie keine Lust hatte oder lieber ausschlafen wollte. Oder weil sie mit ihrer Großmutter Ami in aller Frühe Kräuter pflücken gehen wollte. Doch diesmal war es anders, das spürte Carolin.

In der Pause kam Julia zu ihr. „Na, alles im grünen Bereich?"

„Ja, klar", nickte Carolin. „Bei dir auch?"

„Hm", grinste Julia verschmitzt. „Und wie geht's mit deinem Freund?", fragte sie dann spitzbübisch.

Carolin blickte sie entgeistert an. „Wen meinst du?"

„Na, den blonden Süßen!"

„Woher weißt du denn das?", rutschte es Caro nun heraus.

Julia kicherte. „Tja, du weißt doch, dass man mir nichts verheimlichen kann. Vor allem, wenn's um Jungs geht."

„Hat Lina dir das erzählt?", erkundigte sich Carolin, obwohl sie es sich eigentlich nicht vorstellen konnte. Niemand sonst wusste von ihr und Danny. Halt: Auch Nick und Deborah wussten davon. Aber mit den beiden hatten Julia überhaupt keinen Kontakt.

Die zog die Augenbrauen hoch. „Lina?“ Sie schnalzte mit der Zunge. „Ach, die weiß es auch schon. Und wer noch? Luisa, Heike, Tina vielleicht auch? Und ich dachte immer, wir beide wären Freundinnen.“

Jetzt war es an Carolin, über Julia zu grinsen. „Du hättest es schon auch noch erfahren“, meinte sie, obwohl sie eher dem Stadtanzeiger als ihrer Mitschülerin Julia von Danny erzählt hätte. „Also, woher weißt du es?“

„Tja, meine Liebe, Lilienthal ist eben ein Kaff, da sprechen sich Neuigkeiten schnell herum.“

„Raus mit der Sprache!“

„Okay: Ich hab dich neulich im Kino gesehen, im Foyer. Ich hatte natürlich keine Ahnung, dass der Typ wirklich dein Freund ist. Aber jetzt du hast es gerade selbst bestätigt.“

„Aha“, machte Carolin verblüfft. Sie ärgerte sich, dass sie sich hatte austricksen lassen.

„Du musst ihn uns unbedingt mal vorstellen!“, forderte Julia.

„Wen muss uns Caro vorstellen?“, gesellte sich nun Tina dazu.

Statt einer Antwort stemmte Julia die Arme in die Hüften, musterte das Mädchen von oben bis unten und ging sogar um sie herum. „Du hast ja ziemlich zugelegt! Vor allem hinten!“

„Was geht's dich an?“ Tina biss genussvoll in einen Schokoriegel. „Ich hab keine Lust mehr auf diese bescheuerte Abnehmerei. Ich kann euch gar nicht sagen, wie mir trockenes Knäckebrot, Salat ohne Soße und magerer Joghurt auf die Stimmung schlagen. Dieses blöde Abwiegen und Kalorien zählen. Davon kriege ich nur schlechte Laune. Nee danke. Außerdem, hey, es wird Winter, da brauch ich meinen Speck, sonst friere ich!"

Julia schüttelte verständnislos den Kopf. „Du hast so toll ausgesehen nach deiner Diät", meinte sie.

„Na und", lachte Tina vergnügt. „Das pendelt sich im nächsten Frühjahr schon von alleine wieder ein. Also, wen muss uns Caro vorstellen?"

Zum Glück läutete im gleichen Moment die Schulglocke. Carolin flüchtete vor ihren Mitschülerinnen ins Klassenzimmer. Während Peggy Strawberry das Neueste aus dem englischen Königshaus erzählte, malte sie gedankenverloren kleine Herzchen in ihr Heft. „Wie geht's deinem Freund?", hatte Julia gefragt. *‚Dein Freund' hört sich gut an,* überlegte Carolin. *Danny, du bist jetzt mein Freund, und ich bin deine Freundin. Ich kann's kaum erwarten, dich wiederzusehen, Danny. Ich kann's kaum noch erwarten, bis wir uns wieder küssen.*

Das Geständnis

Carolin war gerade dabei, sich zu Hause durch ihre Matheaufgaben zu quälen. Abwechselnd kaute sie am Stift, zerwühlte ihre Haare und starrte auf Sternentänzers Foto. Da klopfte es an der Tür. „Ja?“

Es war ihre Mutter. „Du hast Besuch.“

„Ach ja?“, meinte Carolin, ohne von ihrem Heft aufzusehen. „Wer ist es denn?“

„Lina.“

„Bin schon hier.“ Damit schlüpfte Lina ins Zimmer. Sie wartete noch einen Augenblick bis Ines verschwunden war, dann zog sie Carolin das Heft weg, klappte es zu und legte es zur Seite.

„Was ist denn mit dir los?“, protestierte Carolin.

„Du glaubst nicht, was passiert ist!“, begann Lina mit blitzenden Augen.

Carolin lehnte sich zurück. „Was denn?“

„Auf Lindenhain hat es gestern Nacht gebrannt!“

Carolin schoss hoch. „Gebrannt? Was ist mit Sternentänzer, mit Silberstern und den anderen Pferden?“

„Denen geht's gut." Lina drückte Carolin wieder zurück auf ihren Stuhl.

Sie setzte sich aufs Bett. „Überleg doch mal. Erinnerst du dich an die Prophezeiung von Ami? Wie sie von dem großen Feuer gesprochen hat?"

„Ja – es würde die Wahrheit ans Licht bringen. Na klar!", ergänzte Carolin. Das Feuer war tatsächlich eingetreten. „Sag schon", drängelte sie. „Was ist die Wahrheit, wer ist schuld an all den schlimmen Vorfällen?"

Statt einer Antwort zuckte Lina die Achseln. „Die Polizei untersucht den Fall noch. Bisher wissen sie nur, dass es Brandstiftung war."

„Ach wirklich?" Carolin schaute zuerst erstaunt, dann zog ein bitteres Lächeln über ihr Gesicht. „Wenigstens ist diesmal klar, dass ich es nicht gewesen sein kann. Mein Alibi ist wasserdicht: Ich hab nämlich die ganze Nacht friedlich geschlummert. Ines ist meine Zeugin", fügte sie mit Galgenhumor hinzu.

„Stimmt", grinste Lina. Dann wurde sie wieder ernst. „Caro, da ist noch was."

„Was denn?"

„Wie soll ich es sagen …" Lina zögerte.

„Jetzt sag schon! Wird schon nicht so wild sein!"

Lina blickte auf den Boden. „Also, wir, oder besser: Sternentänzer hat jemanden gefunden. Kurz nachdem die Feuerwehr gelöscht hatte."

„Etwa den Täter? Mein Sternentänzer!" Carolin war stolz auf ihr Pferd.

„Dieser Jemand hatte eine Brandverletzung."

„Dann ist doch alles klar! Der war's", rief Carolin empört. „Der hat das Feuer gelegt und sich dabei verletzt. Hoffentlich haben sie diesen Typen gleich verhaftet, bevor er noch mehr Unheil anrichten kann!"

Lina hielt den Blick weiter gesenkt. Ihr nächster Satz würde Carolin direkt ins Herz treffen und sie zutiefst verletzen. Doch es musste sein. Unbehaglich setzte sie ihren Bericht fort. „Es war Danny."

„Wieso Danny?", fragte Carolin verständnislos.

„Sternentänzer hat Danny gefunden. In einer dunklen Ecke mit einer Brandverletzung am linken Arm."

„Oh mein Gott, ist es schlimm? Sag schon, wie geht es ihm?", rief Carolin nun voller Angst. Doch dann hielt sie inne. „Aber das würde ja bedeuten … Nein!" Carolin schüttelte abwehrend den Kopf. „Nein, es kann einfach nicht sein, dass Danny etwas mit dem Brand zu tun hat. Nein, Lina, das glaube ich nicht. Nie im Leben!"

Lina blickte ihre Freundin an. „Eigentlich kann ich's mir ja auch nicht vorstellen."

Carolin sah sie beschwörend an. „Nein, das kann gar nicht sein. Danny ist der netteste und hilfsbereiteste Junge, den ich kenne. Der ist doch kein Krimineller, der einen Brand auslöst oder Pferde vergiftet. Ich würde meine Hand für ihn ins Feuer legen!" Es musste sich anders verhalten – wahrscheinlich spielte jemand Danny übel mit, um den Verdacht auf ihn zu lenken. Carolin hegte nicht die Spur eines Zweifels.

„Du hast Recht", meinte nun auch Lina. „Wahrscheinlich ist das nur ein doofes Missverständnis."

„Jemand will ihn reinlegen!“, äußerte Carolin energisch. „Der wahre Täter hat Danny eine Falle gestellt. Um von sich selbst abzulenken. So eine Gemeinheit!“

Lina wiegte nachdenklich den Kopf. „Ja, doch, das könnte durchaus sein. Aber wer?“

Carolin überlegte einen Moment. „Deborah“, meinte sie dann. „Es kann nur Deborah sein. Neulich im Stall wollte sie sich eine Zigarette anzünden.“ Carolin tippte sich an die Stirn, als würde sie jetzt die ganzen Zusammenhänge begreifen. „Die Zigarette – vielleicht hat sie diesmal in ihrem Zimmer geraucht und aus Versehen dabei ein Feuer entfacht.“ Je länger Carolin darüber nachdachte, desto sicherer war sie sich, dass sich alles so abgespielt haben musste. „So war es bestimmt. Vielleicht ist sie eingeschlafen und die brennende Zigarette ist ihr aus der Hand gefallen.“

„Und Dannys Verletzung?“

„Vielleicht wollte er Deborah retten. Ja, oder: Wenn es doch jemand anders war, hat er den Täter gesehen. Er wollte den Kerl stellen oder die Pferde aus dem Stall lassen oder er dachte, es sei noch jemand im Gästehaus und wollte denjenigen retten.“

Lina sah sie an. „Ja, klar. Es gibt schon ein paar mögliche Erklärungen.“

Carolin sprang auf. „Wo ist Danny jetzt?“

„Im Krankenhaus.“

Die Freundin klatschte unternehmungslustig in die Hände. „Dann los!“

„Wo willst du denn hin?“, erkundigte sich Lina erstaunt.

Carolin zog sich einen Pullover übers T-Shirt. „Na, ins Krankenhaus." Unternehmungslustig ballte sie die Hände zu Fäusten. Ihre Augen blitzten. „Wir reden mit Danny und überlegen uns mit ihm gemeinsam, wie wir dem Verbrecher eine Falle stellen und entlarven." Zum Glück war Ines gerade zur Arbeit gegangen. Die beiden Mädchen konnten also unbemerkt das Haus verlassen.

Eine halbe Stunde später standen sie vor dem Rot-Kreuz-Krankenhaus in Lilienthal. Carolin packte ihre Freundin am Arm. „Irgendwie hab ich auf einmal ein ganz merkwürdiges Gefühl, Lina."

„Nur keine Panik, Caro. Das haben Krankenhäuser so an sich. Weiße Wände, blöder Geruch, da bekommt man schnell seltsame Gefühle!"

„Meinst du?"

Während Carolin noch zögernd am Eingang stand, lugte Lina bereits ins Sichtfenster des Pförtners. „Können Sie uns bitte sagen, auf welchem Zimmer Danny Martens liegt?"

Der Pförtner, ein freundlich blickender Mann, der Käpt'n Blaubär ähnelte, blätterte durch ein großes Buch. „Martens, Martens. Moment, hier: Zimmer 254, zweiter Stock rechts."

Im Fahrstuhl drückte Carolin sich in eine Ecke. „Ich weiß nicht, ob das gut ist, was wir machen …" Auf einmal schien ihr Tatendrang wie weggeblasen.

Doch Lina drückte entschlossen auf den Knopf für die zweite Etage. „Quatsch. Du bist nur so nervös, weil du gleich deinen Danny wieder siehst."

Mehr Zeit nachzudenken blieb Carolin nicht, denn der Fahrstuhl hielt an. Zimmer 254 lag gleich um die Ecke. Lina klopfte.

„Herein", ertönte eine dunkle Männerstimme.

Zaghaft drückte Lina die Tür auf. „Danny?"

„Komm rein, junge Dame. Wenn du zu Danny Martens möchtest, bist du hier richtig." Es war ein großes, schmuckloses Krankenzimmer mit einem Balkon. An den Wänden hingen Blumenbilder. In der Ecke gab es eine hellgrüne Sitzgarnitur, die schon bessere Zeiten gesehen hatte. Nur ein Patient war da: Im Bett neben dem Fenster lag Danny. Die weiße Decke hatte er fast bis zu den Ohren hoch gezogen, obwohl es recht warm war. Nur seine blonden Stoppelhaare und seine schönen blauen Augen lugten hervor.

Die dunkle Männerstimme gehörte einem Polizisten mit dunklen Haaren und Schnauzbart, der auf einem Stuhl neben Dannys Bett saß. Schüchtern gingen erst Lina und dann Carolin auf die beiden zu.

„Du Armer!", rief Carolin voller Mitleid, als sie am Bett angekommen war.

„Hallo!", nuschelte Danny unter seiner Decke. Doch seine Augen zeigten ihr, dass er lächelte und sich freute, sie zu sehen.

Caro setzte sich auf die Bettkante. Danny streckte die unverletzte Hand unter der Bettdecke hervor. Sie nahm sie in beide Hände und streichelte sie sanft. „Alles wird gut, du wirst sehen", murmelte sie.

„Bitte nehmt da drüben Platz", unterbrach der Polizist sie. Die beiden Mädchen setzten sich in die grünen Sessel. Der Beamte räusperte sich und schaute zuerst auf seine Notizen und dann dem Jungen ins Gesicht. „Wo also warst du zum Tatzeitpunkt?"

Carolin fuhr herum. „Danny ist unschuldig!", rief sie dem Beamten mit blitzenden Augen entgegen. „Suchen Sie lieber den wahren Täter! Keine Sorge, Danny." Sie wurde etwas ruhiger. „Als sie mich verdächtigt haben, war es genauso. Da haben die Polizisten auch so fiese Fragen gestellt. Aber die haben nichts gegen dich in der Hand."

„Bitte halt dich zurück!" Der Polizist hob die Stimme. „Also, wo warst du?", wiederholte er unbeirrt seine Frage.

„Die werden bald merken, dass du unschuldig bist und dann lassen sie dich in Ruhe", versuchte Carolin dem Jungen beizustehen, als sie seinen verzweifelten Blick sah. „Lina und ich werden dir helfen. Wir haben auch schon einen Verdacht."

„Wenn du weiter bei den Ermittlungen störst, muss ich euch rausschicken." Der Polizist sah sie streng an.

„Pah", machte Carolin patzig. Doch sie war erstmal still.

Auf einmal kullerten dicke Tränen aus Dannys blauen Augen. Er war kalkweiß im Gesicht.

Carolin sah ihn voller Mitgefühl an. Es tat ihr weh, den Jungen so leiden zu sehen.

„Warte, hier." Sie zog ein Taschentuch aus ihrer Jackentasche und reichte es ihm. „Können Sie ihn nicht in Ruhe lassen? Er ist doch schließlich verletzt!", fuhr sie den Beamten an.

Bevor der sie zurecht weisen konnte, brach es auf einmal aus Danny heraus. „Ich war es!" Er schluchzte laut auf. Carolin stand auf und fasste ihn am Arm. „Lass dich nicht einschüchtern! Ich weiß, dass du es nicht warst. Du bist unschuldig. Wir werden diesen Verbrecher und Tierquäler schnappen, da bin ich ganz sicher!"

„Nein, Caro", protestierte der Junge. „Es stimmt. Ich war es."

Entgeistert sah sie ihn an. Was redete er denn da?

„Was sagst du?"

„Alles. Die Kracher, Sophia, das Feuer, alles habe ich gemacht."

Als Carolin begriff, dass das Geständnis ernst gemeint war, lief es ihr eiskalt den Rücken hinunter. Wie erstarrt stand sie vor ihm. Sie ließ seinen Arm los. „Nein, Danny, nein. Das kann nicht sein. Warum lügst du?" Ihr Herz schlug schmerzhaft und schnell.

„So, jetzt ist es heraus!", unterbrach der Polizist sie. „Jetzt erzähl uns endlich, was dein Motiv war!"

„Ich hasse Pferde", weinte Danny.

„Was sagst du da?", stammelte Carolin.

„Jawohl, ich hasse diese hinterhältigen Biester!" In den Augen des Jungen stand auf einmal blanke Verzweiflung.

Carolin konnte es nicht fassen.

„Sie haben meine Schwester zum Krüppel gemacht",

schluchzte Danny. „Wegen so einem gemeinen Vieh sitzt meine Schwester im Rollstuhl. Für ihr ganzes Leben. Meine kleine Schwester Sarah hat nie jemandem was getan. Sie sieht mit ihren langen blonden Locken aus wie ein Engel. Jetzt ist sie ein Krüppel und wird nie wieder gehen können. Und dabei wollte sie Tänzerin werden. Davon hat sie immer geträumt."

„Oh Danny!", rief Carolin entsetzt.

Er drehte sich zu ihr. Seine Augen waren voller Tränen. „Weißt du, wie es ist, wenn du nicht allein aufs Klo gehen kannst? Wenn du dich nicht mal mehr selbst waschen kannst? Weißt du, wie es ist, wenn deine kleine Schwester leidet und du nichts tun kannst? Wenn deine Mutter jede Nacht weint? Nein, das kannst du nicht wissen!" Er ließ sich wieder zurück fallen und starrte auf die Wand. „Ich habe es wegen meiner Schwester getan. Versteh mich doch, Carolin. Wegen Sarah!"

Der Polizist erhob sich und tippte Carolin auf die Schulter.

„Wenn ihr beide mich jetzt bitte mit dem jungen Mann allein lassen würdet, damit ich das Protokoll aufnehmen kann!"

„Ja, sicher", antwortete Carolin und taumelte hinter Lina aus dem Zimmer. Sie schlang die Arme um ihren Leib. „Mir ist schlecht, Lina ..."

Die nahm ihre Hand. „Niemals hätte ich das von ihm gedacht", murmelte sie ebenfalls fassungslos.

„Ach, Lina!", schluchzte Carolin los und warf sich in die Arme ihrer Freundin.

„Ausgerechnet Danny!" Lina hielt sie fest und tröstete sie.

„Ich will diesen gemeinen Kerl nie mehr sehen", weinte Carolin. „Nie wieder! Ich bin so unglücklich. Wie kann man nur unschuldige Tiere quälen? Das ist so niederträchtig. Er hat mich getäuscht. Und er hat zugelassen, dass ich verdächtigt werde! Das ist einfach nicht fair. Wieso hat er mich so hintergangen?" Auf einmal drehte sich alles um Carolin. Sie musste sich an die Wand lehnen, um nicht umzufallen. Im Geiste sah sie wieder Danny und sich. Ihre erste Begegnung auf dem Hof. Wie sie in seine Augen gesehen hatte. Sein strahlendes Lächeln und der Spaziergang unterm Sternenhimmel. Der Kuss, als sie bei den Linden gestanden waren ... Das alles war nun nichts mehr wert. Carolin weinte hemmungslos. „Sag, dass das nicht wahr ist. Es ist einfach nicht wahr. Ach, Lina!"

Die Freundin strich dem Häufchen Elend in ihren Armen liebevoll übers Haar. Doch ihr fielen keine tröstenden Worte ein.

Von dem Polizeibeamten erfuhr Carolin später die vollständige Vorgeschichte: Dannys jüngere Schwester Sarah war vor einiger Zeit beim Reiten schwer verunglückt. Beim Aufsitzen auf ein Pony war sie so unglücklich auf der anderen Seite hinuntergestürzt, dass sie sich an der Wirbelsäule verletzt hatte. Seitdem saß sie im Rollstuhl. Niemand hatte Schuld, keiner konnte etwas dafür. Es war ein schlimmer Unfall gewesen. Doch Danny fühlte sich schuldig, weil ursprünglich eigentlich er auf dem Unglückspony hatte reiten sollen. Dann hatte er es Sarah überlassen, weil der kleinen Schwester die goldene Farbe des Ponys besser gefallen hatte. Nach mehreren schmerzhaften Operationen war schließlich festgestanden, dass Sarah querschnittsgelähmt bleiben und nie wieder gehen würde. Danny liebte seine kleinc Schwester abgöttisch und hatte es einfach nicht geschafft, dieses schreckliche Ereignis zu vergessen.

Seine Eltern hatten ihn nach Lindenhain geschickt, damit er lernen würde, das Trauma zu überwinden. Doch beim Anblick der Pferde war alles wieder in ihm hochgekommen.

Erdbeertorte und Abschiedstränen

Als Carolin am nächsten Tag nach Lindenhain fuhr, fühlte sie sich, als sei etwas in ihr zerbrochen. Einerseits war sie sehr froh, dass der Verdacht gegen sie ausgeräumt war. Jetzt durfte sie wieder auf den Reiterhof und zu ihrem geliebten Sternentänzer. Endlich wieder den kleinen Silberstern streicheln! Andererseits war da eine tiefe Kälte in ihrem Herzen. Die kam von der Stelle, die zuvor Danny gehört hatte. Vergessen war die warme Welle, die sie früher bei jedem Gedanken an ihn gespürt hatte.

Gunnar winkte schon von weitem, als Carolin auf den Hof einbog. Er stand mit dem Cowboyhut in der Hand und einem zerknirschten Gesichtsausdruck da.

„Caro“, ging er auf sie zu, als sie ihr Rad parkte. „Du glaubst gar nicht, wie froh ich bin, dass diese unerfreuliche Angelegenheit endlich aufgeklärt ist.“

„Und ich erst!“ Carolin lächelte ihn an. Trotzdem zwickte es sie in der Magengegend und sie dachte: *Wie konntest du jemals Zweifel an mir haben? Wie konntest du mich jemals für den Täter halten? Wie konntest du auch nur in Betracht ziehen, dass ich Pferden etwas zu Leide tun könnte?*

Als könne Gunnar Gedanken lesen, sagte der schnell: „Ich hab mich in der Angelegenheit dir gegenüber nicht korrekt verhalten. Das tut mir sehr Leid.“

„Schwamm drüber! Jetzt bin ich ja wieder hier.“ Carolin winkte ab und wollte gleich in den Stall laufen. „Ich seh mal nach Sternentänzer, du kannst dir gar nicht vorstellen, wie sehr ich ihn vermisst hab!“

„Ach Caro …“ Gunnar sah sie vielversprechend an. „Bitte komm doch einen Moment mit. Ich muss etwas Wichtiges mit dir besprechen!“

Carolin machte ein ungeduldiges Gesicht. „Geht das nicht später?“

Gunnar schüttelte den Kopf. „Auf keinen Fall, es muss jetzt sein!“

„Warum sagst du es mir nicht hier?“

Wieder schüttelte Gunnar den Kopf. „Komm schon, nur ein paar Minuten.“

„Aber Sternentänzer …“

„Tu mir den Gefallen, bitte!“

Was wollte er denn nur? Wenig begeistert trottete Carolin hinter Gunnar zum Haupthaus. Sie konnte es doch kaum noch erwarten, endlich wieder Sternentänzer in die Arme zu schließen, seine weichen Nüstern zu streicheln, sich an sein seidiges Fell zu kuscheln und auf seinem Rücken über die Felder zu galoppieren.

„Gehen wir denn nicht ins Büro?“, wunderte sich Carolin, als Gunnar schnellen Schrittes daran vorbei ging.

„Ich brauch erst mal einen Kaffee", sagte Gunnar und grinste dabei in sich hinein. Er öffnete ihr die Tür zum Gemeinschaftsraum: „Nach dir!"

Als Carolin eintrat, begriff sie. „Willkommen auf Lindenhain!" tönte es vielstimmig – da standen Vicky, Nick und Lina und strahlten ihr entgegen. Ins Fenster hatten sie eine bunte Girlande mit den Worten „Welcome back" gehängt. Auf dem Tisch stand eine Erdbeertorte und er war festlich mit Vickys schönstem Blümchenporzellan gedeckt.

Lina holte tief Luft. „Liebe Caro. Wir sind alle superfroh, dass du wieder da bist!" Übers ganze Gesicht strahlend schob sie die verdutzte Carolin auf einen Stuhl.

Vicky schnitt ein Stück Erdbeertorte ab. Sie legte es auf den Teller vor Carolins Nase und sagte verschmitzt: „Selbstgemacht!" Das wollte was heißen! Vicky liebte Kuchenbacken ungefähr so sehr wie Pferde Eislaufen. Dem entsprechend war in der Regel das Ergebnis. Carolin blickte skeptisch auf ihren Teller.

„Naja, fast. Zum Teil", verbesserte sich Vicky bei Carolins Blick lächelnd. „Der Boden ist gekauft, aber die Erdbeeren und die Sahne hab ich eigenhändig draufgeschichtet!"

Als alle saßen und jeder ein Stück Kuchen auf dem Teller hatte, baute sich Gunnar am Kopf des Tisches auf. „Tja, liebe Caro", meinte er mit einer ausladenden Armbewegung. „Mit dieser kleinen Feier möchten wir dich nach deiner Zwangspause von ganzem Herzen auf Lindenhain Willkommen heißen. Und außerdem möchten wir uns, oder vielmehr: möchte ich mich bei dir entschuldigen." Er machte eine Pause. „Zwar habe ich nicht einen Moment an deiner Unschuld gezweifelt. Doch ich war leider gezwungen zu handeln, um einen Skandal von Lindenhain abzuwenden. Du weißt ja wie dringend wir Geld brauchen und wie wichtig der gute Ruf eines Reiterhofes ist. Dafür, dass ausgerechnet du darunter leiden musstest, möchte ich mich heute entschuldigen." Er hob die Kaffeetasse. „Auf dich, Caro! Schön, dass du wieder bei uns bist."

Ein Stein, etwa doppelt so groß wie die Erdbeertorte, plumpste von Carolins Herzen. Gunnar hatte sie also in Wirklichkeit niemals verdächtigt! Erleichtert schob sie ihre Gabel in das Kuchenstück. „Am besten wir vergessen die ganze Geschichte so schnell wie möglich", meinte sie großzügig. „Mhhhh, Vicky, richtig lecker!", lächelte sie später genießerisch. „Du solltest echt öfters selbst backen!"

Kaum war die Torte verspeist, hielt es Caro nicht mehr im Haus. Jetzt musste sie zu Sternentänzer. Auf dem Weg zum Stall rannte, hüpfte, tänzelte und summte sie vor sich hin. Der Hengst musste sie erwartet haben: Schon von weitem schallte ihr das dunkle Wiehern entgegen, das sie jederzeit unter Hunderten wiedererkannt hätte.

„Mein süßer, lieber Sternentänzer", rief sie, warf sich an seinen Hals und drückte ihn ganz fest an sich. „Ich hab dich ja so schrecklich vermisst!"

Sternentänzer schien es ähnlich ergangen zu sein, denn vor lauter Übermut knabberte er an ihrem Pulli und leckte über ihr Gesicht, als sei sie ein leckeres Riesenbonbon. „Ihhhh, das kitzelt!“, kicherte sie. Nun schnappte sich Sternentänzer die Bürste, die neben ihm am Boden lag und schleuderte sie vor Übermut durch die Box. Dann zwickte er Carolin spielerisch ins Bein und wieherte dabei lauthals. Carolin prustete los. „Das ist ja echte Wiedersehensfreude!“, lachte sie dem Pferd zu.

„Schönes Tier!“, hörte sie auf einmal eine bekannte Stimme.

Carolin fuhr herum wie von einer Tarantel gestochen.

„Hi Caro.“ Da lehnte Danny und lächelte sie mit seinen blauen Augen an. Er stand dort wie beim letzten Mal. Nur, dass er diesmal den linken Arm in einer Schlinge trug und in der Zwischenzeit Dinge geschehen waren, die alles verändert hatten.

„Hm“, machte Carolin. Sprechen konnte sie nicht, denn schon wieder war ihre Kehle wie zugeschnürt. Sie räusperte sich, doch es half nicht viel.

„Wie geht's dir so?“, fragte er mit leiser Stimme.

„Ganz okay“, sagte Carolin knapp. Allmählich fand sie ihre Stimme wieder.

„Freut mich“, nickte Danny. „Freut mich wirklich sehr.“

Eine Weile streichelte Carolin Sternentänzer und hoffte, Danny würde einfach verschwinden. Es war kein schönes Gefühl mehr, wenn sie ihn sah. *Hau ab*, flehte sie insgeheim. *Ich will nie wieder in deine Augen sehen, an dich erinnert werden, verschwinde aus meinem Leben.*

Doch sie sagte nichts – denn zugleich tat er ihr Leid. Sie wollte ihn küssen und dann wieder schlagen. Vor allem aber wollte sie die Zeit zurückdrehen.

„Freut mich sehr", wiederholte Danny noch einmal. Wahrscheinlich wusste er auch nicht, was er sonst sagen sollte.

„Was machst du eigentlich noch hier?", erkundigte sich Carolin nun etwas gefasster.

„Ich hole meine Sachen."

Auf einmal glitzerte es verdächtig in Dannys himmelblauen Augen. „Es tut mir alles so Leid, Caro", brach es aus ihm heraus. „Ich wollte das alles nicht. Es waren die Pferde ... da kam alles wieder hoch, die ganze Geschichte mit Sarah. Das habe ich nicht ausgehalten. Es war stärker als ich."

Carolin schwieg. Ein ganz klein wenig konnte sie ihn sogar verstehen: seinen Schmerz, seine Wut, seine Trauer. Aber nur ein ganz klein wenig. Es tat einfach zu sehr weh. Noch nie im Leben hatte jemand sie so enttäuscht und verletzt wie dieser Junge.

Danny holte tief Luft. „Vor allem wollte ich dir nicht wehtun, das musst du mir glauben!"

„Warum hast du es dann getan?", schrie Carolin ihn jetzt an.

Danny schrak zusammen und holte dann tief Luft. „Ich hätte nicht gedacht, dass ich so ein tolles Mädchen wie dich hier treffen würde, weißt du. Ich wollte dich auch nicht ausnützen oder so, verstehst du!" Er ging einen Schritt auf Carolin zu. Doch die wich zurück.

„Ich hätte nie etwas getan, was dir oder deinem Pferd geschadet hätte, das musst du mir einfach glauben." Er zögerte einen Moment. „Du warst so nett zu mir." Danny steckte seine Hände in die Hosentaschen. „Ich wollte dir alles längst sagen, aber ich wusste einfach nicht, ob ich dir vertrauen kann …"

„Verdammt noch mal", unterbrach Caro ihn mit geballter Faust, Wut im Bauch und Tränen in den Augen. „Warum hast du nicht mal dann etwas gesagt, als ich verdächtigt wurde? Als ich nicht mehr nach Lindenhain durfte? Du sagst, du magst mich und lässt so was zu?"

„Es tut mir alles so Leid", wiederholte Danny. „Ich war ein Idiot."

„Mir tut es auch Leid." Sie war auf einmal sehr traurig.

Der Junge holte tief Luft. „Bitte, gib mir eine Chance, lass mich alles wieder gut machen."

Carolin schwieg. Äußerlich blieb sie ganz gelassen, doch in ihrem Inneren tobte ein Sturm.

Danny schöpfte Hoffnung und griff nach ihrer Hand. „Bitte, ich werde dich nie wieder enttäuschen, das verspreche ich dir."

Doch Carolin zog ihre Hand weg. „Nein. Ich kann nicht. Das geht nicht so einfach. Du hast mich verletzt, ich brauche Zeit."

Danny gab nicht auf. „Kann ich dir wenigstens schreiben?"

Carolin schüttelte den Kopf. „Lass es lieber sein, Danny. Es bringt nichts."

„Vielleicht später, irgendwann?"

„Vielleicht irgendwann", sagte sie, doch sie wusste, dass es keine Hoffnung mehr gab. Der Schmerz steckte wie ein Messer in ihrem Herzen.

Eine Weile standen sie noch wortlos voreinander, dann verschränkte Carolin die Hände vor der Brust. „Mach's gut, Danny. Ich wünsch dir viel Glück!" Er verstand und wandte sich wortlos zum Ausgang. Das Schlimme war, dass Carolin ihm nicht ganz böse sein konnte. Er hatte ihr nicht schaden wollen und auch nicht ihrer Liebe. Trotzdem hatte alles, was er getan hatte, dazu geführt, dass es mit ihnen zu Ende war. Es gab keinen zweiten Versuch. Als Danny den Stall verlassen hatte, zog Carolin die Tür der Box hinter sich zu. Sie wartete noch kurz, denn sie wollte sicher sein, dass sie ihn nicht mehr sehen musste. Sonst hätte sie geweint, so schwer war ihr ums Herz. Dann radelte sie nach Hause.

Am nächsten Tag war es auch für die übrigen Landschulheimkinder Zeit, Abschied von Lindenhain zu nehmen. Fertig angezogen standen sie neben den gepackten Koffern, als Carolin auf den Hof radelte. Vicky war bei ihnen und Nick, der sich wieder so schick gemacht hatte wie bei ihrer Ankunft. Gerade eben kam Gunnar aus seinem Büro um sie gemeinsam mit den anderen zu verabschieden.

„Ich hoffe, ihr hattet alle eine tolle Zeit auf Lindenhain", begann Nick.

„Ja!“, schrieen alle lauthals im Chor.

Conny grinste über beide Backen. „War echt aufregend. Ein Mega-Knaller-Feuerwerk, ein Pferd wurde vergiftet und die halbe Bude hat gebrannt. Also, man kann echt nicht sagen, dass ihr uns nichts geboten hättet!“

„Bei uns geht es nicht immer so chaotisch zu“, wehrte Nick ab. „Wenn normale Gäste da sind, ist das hier ein ganz normaler Ferienreiterhof“, fügte er hinzu.

„Das ist aber schade“, kicherte Conny. „Sonst wäre ich in meinen nächsten Ferien doch glatt wiedergekommen!“

„Ich fand's richtig klasse bei euch!“, meldete sich Kerstin besonnen. „Ich wünsche mir zum Geburtstag Reitstunden und dann komme ich die ganzen Ferien nach Lindenhain!“

„Ich auch“, stimmte Giulia mit ein.

Nick zog Conny spielerisch an den Ohren. „Vielleicht können wir uns für euren Kumpel ja ein Sonderprogramm einfallen lassen!“

„Auhhh, nicht noch quälen zum Schluss!“, grinste Conny. „Ich komm ja auch wieder!“

„Und du, hat's dir auch gefallen?“, wandte sich Nick an Deborah, die stumm neben den anderen stand und die Augen verdrehte. Sie trug heute riesige Goldkreolen und war vom Make-up ganz braun im Gesicht.

„Wenigstens ein bisschen?“

„Doch, ja, war ganz okay“, nickte sie schließlich.

„Wenn du jetzt zu Weihnachten ein Pferd von deinem Vater bekommst, weißt du wenigstens wo vorne und hinten ist“, sagte Carolin, obwohl sie sich eigentlich ganz fest vorgenommen hatte, nichts zu sagen.

Die anderen prusteten los.

„Und wenn du's mal vergessen solltest: Vorne ist, wo's zwickt“, fügte Conny kichernd hinzu.

Bevor das Mädchen von allen ausgelacht wurde, kam Nick ihr zu Hilfe. „Lasst die arme Deborah in Ruhe, Leute! Sie hat sich ganz tapfer geschlagen.“ Dabei zwinkerte er ihr zu. „Übrigens, was ich dir noch sagen wollte: Vom Rauchen bekommt man gelbe Zähne und schlechten Atem. Darauf stehen Jungs überhaupt nicht.“ Bevor Deborah noch etwas erwidern konnte, gerieten alle in Bewegung. Denn nun fuhr der Kleinbus, der sie zurück ins Landschulheim bringen würde, auf den Hof. Die Vier verstauten ihr Gepäck und stiegen ein. Nick, Gunnar, Carolin und Vicky winkten ihnen nach, bis der Wagen hinter der nächsten Ecke verschwunden war.

„Puh“, machte Nick erleichtert. „Gut, dass die wieder weg sind.“

Gunnar schlug ihm auf die Schulter. „Hast du super gemacht, Nick. Nur leider stand der Besuch unter keinem guten Stern.“

Vicky lächelte optimistisch. „Wie heißt es so schön? Wenn die Generalprobe in die Hose geht, wird die Premiere ein Erfolg.“

„Wenn dieser Danny nicht gewesen wäre, hätte eigentlich alles reibungslos geklappt“, überlegte Gunnar.

„Nur Conny hätte sich wohl etwas gelangweilt“, grinste Nick.

„Mir tut der Junge Leid“, meinte Vicky nachdenklich.

„Wer? Conny?“

„Quatsch. Ich meine Danny. Im Grunde ist er ein freundlicher und hilfsbereiter Junge. Schade um ihm“, seufzte sie.

Nick schüttelte verständnislos den Kopf. „So durchzudrehen, unglaublich!“

„Was geschieht jetzt eigentlich mit ihm?“, erkundigte sich Carolin, die sich darum bisher noch gar keine Gedanken gemacht hatte.

Gunnar zuckte die Achseln. „Schwer zu sagen. Vor allem die Brandstiftung ist kein Kavaliersdelikt. Schätze, da kommt einiges auf ihn und seine Eltern zu.“

„Aber eigentlich ist ja nichts Schlimmes passiert“, warf Carolin ein, die plötzlich das Bedürfnis hatte, Danny zu verteidigen.

„Das nennst du nichts Schlimmes?!“ Gunnar deutete auf das Gästehaus, dessen eine Seite immer noch kohlrabenschwarz war. „Das ist alles verkohlt. Da können wir wieder von vorne anfangen.“

„Oder stell dir mal vor, es wäre noch jemand drin gewesen“, entgegnete Vicky. „Das hätte sehr böse ausgehen können.“

„Und dann der Anschlag mit dem Rattengift auf Sophia“, stimmte Nick ein. „Wenn Caro nicht rechtzeitig gekommen wäre, würde unser Dickerchen jetzt nur noch in den ewigen Jagdgründen umher galoppieren.“

„Oder diese bescheuerte Aktion mit den Feuerwerkskörpern! Die Pferde hätten sich in ihrer Panik schwer verletzen können." Gunnar fuhr sich mit der Hand über die Stirn. „Ich mag gar nicht weiter darüber nachdenken. Unterm Strich hatten wir ein Riesenglück."

Eigentlich war Carolin an diesem Abend überhaupt nicht danach, Pizza essen zu gehen, doch ihre Eltern bestanden darauf. Als kleine Entschuldigung für ihr Misstrauen, wie sie sagten. Beide hatten sich sogar richtig schick gemacht. Ines trug ein neues nachtblaues Kostüm, Paul einen Leinenanzug und eine Krawatte.

„Meine liebe Carolin", begann Paul, als sie im „Emilio" bei Kerzenlicht zusammen saßen. „Da haben wir dir wohl ziemlich Unrecht getan." Er sah Ines und Carolin nachdenklich an. „Ich hätte eigentlich wissen müssen, dass meine Tochter ein prima Kerl ist und dass ich mich auf sie verlassen kann."

„Unsere Tochter", korrigierte Ines, die inzwischen wieder einigermaßen gesund war und nur noch ab und zu einen Hustenanfall bekam.

„Gut: unsere Tochter."

„Stimmt", nickte Carolin trocken. Es war ein ganz ungewohntes Gefühl, mal wieder mit beiden Eltern an einem Tisch zu sitzen. Einerseits wollte sie es genießen ohne darüber nachzudenken. Andererseits kamen ihr die beiden vor wie zwei Soldaten, die sich in Schützengräben gegenüberliegen und lauern, wer den ersten Schuss abgibt.

Nun brachte der Kellner die Karte und die drei wählten.

„Ich nehme eine Pizza Margherita", meldete sich Carolin. Paul bestellte wie immer seine „Pizza Ekel". So hatte Carolin nämlich die Pizza getauft, die ihr Vater am liebsten mochte: mit Kapern, Sardellen und Artischocken.

„Oh, es gibt frische Miesmuscheln", freute sich Ines. „Da bestell ich doch gleich mal eine Portion."

„Ihh!" Carolin schüttelte sich. „Wie kann man nur was essen, was auf Italienisch cozze heißt!"

„Hast du überhaupt schon mal eine Muschel probiert? Du kannst doch gar nicht mitreden", hielt Ines ihr entgegen.

Carolin machte ein entsetztes Gesicht. „Niemand bringt mich dazu, so etwas zu essen!"

Paul zwinkerte ihr verschwörerisch zu. „Mir schmecken sie auch nicht."

„Immer musst du mir in den Rücken fallen", knurrte Ines angriffslustig.

Carolin drehte die Augen zur Decke und dachte: *Ich hab's ja gewusst: Krieg …*

Doch Paul riss das Ruder herum. „Wir wollten heute feiern und uns nicht fetzen", mahnte er.

Ines lenkte ein. „Hast ja Recht, tut mir Leid."

Während sie auf das Essen warteten, lehnte sich Paul zufrieden zurück. Er goss sich und Ines je ein Glas Rotwein ein. „Endlich sitzen wir wieder mal alle an einem Tisch", seufzte er. „Wenn ich ehrlich bin, vermisse ich euch immer noch", meinte er dann aufrichtig.

„Pah – so schlimm kann's nicht sein!“, meinte Ines und nippte an ihrem Weinglas. „Damals hast du das ganz anders gesehen. Da wolltest du um nichts in der Welt auf diese Rosanna mit ihren kurzen Röckchen verzichten.“

„Mm“, machte Paul. Er sah auf die Tischdecke und spielte mit dem Messer.

Carolin verdrehte die Augen. *Aufhören!* bat sie insgeheim.

Die Mutter merkte, dass sie in Gefahr war, die friedliche Stimmung zu zerstören und setzte eilig hinzu: „Können wir ja vielleicht ab und zu mal machen, so einen Abend zu dritt wie heute. Was meint ihr – machen wir einen festen Tag aus, einmal im Monat?“

Paul nickte zögernd. „Könnten wir probieren.“ Doch es war ihm deutlich anzumerken, dass vor dem nächsten Notfall nichts zu machen war.

Nein Danke, dachte auch Carolin. Einzeln kam sie mit ihren Eltern seit der Trennung inzwischen prima klar, doch zu zweit waren sie eine echte Plage. Sie genoss die Ausflüge mit ihrem Vater, bei denen sie das Programm allein bestimmen durfte und auch mit ihrer Mutter lief der Alltag glatt. Zumindest im Großen und Ganzen. Wenn Ines nicht gerade erkältet war und Carolin nicht gerade Ärger mit der Polizei hatte. Doch das kam ja glücklicherweise nicht jede Woche vor.

„Dann kann ich ja wohl unseren Termin bei Frau Doktor Meerbaum wieder absagen“, seufzte Paul sichtlich erleichtert.

„Oh nein!“, protestierte Ines mit strengem Blick.

„Zu dieser Familientherapie gehen wir auf jeden Fall. Das bringt uns bestimmt weiter!“

„Ich wüsste wirklich nicht, was das bringen soll“, meinte Paul. „Carolin hat ganz offensichtlich keine größeren Probleme. Diese Teenagerphasen sind doch ganz normal.“

„Ach ja?“, funkelte Ines ihn an. „Teenagerphasen nennst du das? Findest du es zum Beispiel normal, dass sich das Leben deiner Tochter nur noch auf dem Reiterhof abspielt?“

„Ja“, meinte Paul trocken. „Das finde ich ganz normal in dem Alter.“

Der Kellner stellte die Teller auf den Tisch. Carolin machte sich über ihre Pizza her und lauschte zugleich mit gespitzten Ohren.

„Ich finde, dass Reiten ein wunderschönes Hobby ist. Durch die Arbeit auf dem Hof lernt Carolin Verantwortungsbewusstsein. Außerdem hat sie dort bestimmt auch nette Freunde. Was soll dagegen sprechen? Sie ist gut aufgehoben, treibt sich nicht rum, raucht nicht, trinkt nicht, kifft nicht …“

Carolin war fasziniert, wie ihr Vater ihre Situation beurteilte.

Doch Ines schnappte empört nach Luft. „Kiffen? Das wäre ja noch schöner!“

Paul breitete ruhig seine Serviette aus. „Gibt es alles, liebste Ines.“

Die besann sich. „Naja, ich finde es ja eigentlich auch ganz okay.“ Dann deutete sie mit der Gabel auf Carolin.

„Deine verdreckten Reitklamotten wäschst du in Zukunft trotzdem selbst, damit das klar ist!“

Caro nickte beflissen und hoffte, dass Ines sich wieder beruhigen würde sobald Paul außer Sichtweite war.

Die Mutter nahm einen Schluck aus ihrem Glas. „Ich bin ja auch froh, dass Carolin gut aufgehoben ist. Leider habe ich nicht so viel Zeit für sie wie ich es mir wünsche.“ Sie spießte eine Muschel von ihrem Teller auf und wedelte damit in der Luft herum.

Mein Glück, dachte Carolin.

„Schließlich muss ich ja ganztags arbeiten, weil mein lieber Gatte den Unterhalt gekürzt hat.“ Dabei sah sie ihren Ex-Mann scharf an.

„Geht das schon wieder los?“ Pauls Miene verdüsterte sich.

Ines nahm sich eine Olive. „Ich weiß, mein Lieber, dieses Thema schmeckt dir gar nicht. Du musst es dir trotzdem anhören.“

Eine Weile saßen sie schweigend beim Essen.

Paul war als erster fertig. Er wischte sich mit der Serviette den Mund ab. Aus seiner Hosentasche kramte er einen 50-Euro-Schein und legte ihn auf den Tisch. „Ich muss dann leider mal. Ihr beide könnt euch ja noch einen Nachtisch bestellen.“ Er beugte sich zu Carolin und küsste sie rasch. „Emilios Tiramisu ist ganz ausgezeichnet.“ Schon war er verschwunden.

Ines und Carolin blieben zurück.

„Mam, musste das sein? Müsst ihr immer streiten?“, fragte Carolin und schob den Rest ihrer Pizza von sich.

Ihr war inzwischen der Hunger gründlich vergangen. Auch auf Nachtisch hatte sie keine Lust mehr. „Hätten wir nicht einfach nur ganz friedlich essen können?“

Ines zuckte die Achseln. „Tut mir ehrlich Leid. Dein Vater bringt mich einfach immer wieder auf die Palme.“ Sie seufzte. „Nur gut, dass wir uns getrennt haben. Wir zwei haben uns das Leben mittlerweile doch ganz gut eingerichtet, oder?“

„Stimmt“, nickte Carolin und meinte es wirklich so. In der ersten Zeit nach der Trennung ihrer Eltern hatte sie nächtelang geheult und dieser Rosanna die Pest an den Hals gewünscht. Inzwischen aber war alles gut so, wie es war. Sie wartete noch einen Moment, dann nutzte sie die versöhnliche Stimmung ihrer Mutter.

„Du, Mam, das mit meinen Reithosen ...“

„Lass nur.“ Ines leerte ihr Glas. „Wenn ich sowieso wasche, dann kann ich deine Hosen auch mitwaschen.“

Die Erinnerung bleibt

Es war ein strahlend schöner sonniger Herbsttag. Carolin galoppierte mit Sternentänzer über die Felder. Das tat sie fast jeden Tag, seit Danny weg war. Nur wenn sie auf dem Rücken ihres Pferdes saß und den Wind auf ihrem Gesicht spürte, fühlte sie sich leicht und beinahe sorglos. Dann spukte kein Danny mehr in ihrem Kopf herum. Nichts tat mehr weh. In diesen Momenten gab es nur noch sie und Sternentänzer auf der Welt. Wenn sie zurückkehrten, duschte sie ihn mit dem Schlauch im Hof. Anschließend schrubbte und bürstete sie ihn, bis sein Fell glänzte.

Eines Tages beobachtete Nick sie kopfschüttelnd „Pass auf, dass sein Pelz keine Löcher vom Bürsten bekommt“, sagte er und zog amüsiert die Augenbrauen hoch. Doch Carolin wandte sich ab um Sternentänzers Mähne zu kämmen. Da ging Nick auf sie zu und legte den Arm um ihre Schultern. „Vergiss ihn“, sagte er leise zu Carolin.

Er hatte mitbekommen, was zwischen Danny und ihr geschehen war.

„Ich verstehe dich gut. Wenn ich an Nina und ihren Macker in Berlin denke, könnte ich vor Wut in die Tischkante beißen. Aber so ist es eben manchmal im Leben." Er drückte sie kumpelhaft. „Die ganze Welt steckt voller netter Jungs, die froh sein würden, so ein tolles Mädchen wie dich als Freundin zu haben."

„Hmh", machte Carolin nur und grub ihr Gesicht tief in seinen Rollkragenpullover. Sie war dankbar für die Anteilnahme. Dennoch hatte sie überhaupt keine Lust über Danny und ihr Gefühlschaos zu sprechen, auch nicht mit Nick.

Manchmal saß sie in Cinderellas Box und beobachtete Silberstern den ganzen Nachmittag lang. Mit seinen kurzen beweglichen Ohren und dem weichen Pelz sah er immer noch aus, wie ein zum Leben erwachtes Plüschtier. Inzwischen begrüßte er Carolin, wenn sie in die Stallgasse trat, mit einem fröhlichen Wiehern. Wenn sie näher kam, hob er den Kopf und sah ihr erwartungsvoll entgegen. Fast schien es, als würde er spüren, dass sie etwas bedrückte.

Sogar Eulalia, die Hofkatze, schien Carolin trösten zu wollen. Seit einiger Zeit brachte sie ihr frisch erlegte Feldmäuse als Geschenk von ihren Streifzügen mit.

In der Schule fühlte Carolin sich noch nicht wieder richtig wohl. Sie ging zwar jeden Morgen pünktlich hin. Doch im Klassenzimmer war sie meist nur pflichtbewusst anwesend. Sie kam nach Hause, wann Ines es wollte, und redete mit ihren Schulkameraden ohne Freude zu empfinden. Am liebsten war sie allein.

Ab und zu wagte Ines zaghafte Annäherungsversuche. Die Mutter sah sie besorgt von der Seite an, strich ihr über die Haare und sagte: „Du siehst in letzter Zeit nicht besonders gut aus, Kind. Du weißt ja, du kannst immer mit allem zu mir kommen."

Carolin nickte dann nur und sagte: „Ja, Mam, ich weiß." Insgeheim wusste sie, dass sie darüber niemals mit ihrer Mutter reden wollte. Nicht in einer Million Jahren würde sie ihren Liebeskummer mit Ines besprechen. Vorher würde die Arktis schmelzen! Sie mied sogar ihre beste Freundin. Nicht einmal Lina schüttete sie ihr Herz aus. Denn sie wollte auch selbst nicht mehr an Danny denken.

Nach einem ihrer Ausritte mit Sternentänzer saß Carolin am Rand des kleinen Teichs auf Lindenhain und beobachtete die Wasseroberfläche, über der eine Schar Libellen tanzte. Kleine Käfer taumelten durchs klare Wasser, eine Schlange ringelte sich elegant durch die Wasserpflanzen und auf einem Seerosenblatt saß eine Kröte, die aus unergründlich goldgrünen Augen zu ihr starrte. Es war herbstlich kühl und Carolin schlug den Kragen ihrer Jacke hoch. Sie steckte die Hände in die Jackentaschen. Da fühlte sie etwas – der Bernstein. Den hatte Danny ihr damals geschenkt. Sie nahm ihn heraus und drehte ihn zwischen den Fingern. „Von wegen Glücksstein!", murmelte sie vor sich hin. „Seit ich den besitze, hatte ich nur Pech." Dann holte sie weit aus und warf den Stein mit aller Kraft in den Teich. Es platschte und die Libellen flogen davon. Die Kröte rettete sich mit einem Satz ins Wasser. Traurig sah Carolin den Kreisen zu, die der Stein im Wasser hinterlassen hatte. Sie breiteten sich zuerst aus und wurden dann allmählich schwächer, bis die Wasseroberfläche wieder glatt war. Auf einmal spürte Carolin eine Hand auf ihrer Schulter. Es war Lina.

„Hier!" Die Freundin setzte sich neben sie und hielt ihr etwas Rundes, Duftendes unter die Nase.

„Was ist das denn?", fragte Carolin uninteressiert.

„Wonach sieht's denn aus? Ein Berliner natürlich."

„Was soll ich damit?"

„Fußball spielen, sezieren, versenken … Einfach aufessen natürlich, was denn sonst?" Die Freundin lächelte sie auffordernd an.

Carolin wandte sich ab. „Hab keinen Hunger."

„Mensch, das ist ein ganz besonderer Berliner."

„Ach ja?"

„Ja! Den schickt dir Onkel Rocco, mit vielen lieben Grüßen."

Carolin guckte Lina erstaunt an.

Die kicherte vergnügt. „Stell dir vor, der verrückte Kerl hat uns neulich einen ganzen Karton voller Berliner geschickt. Über 50 Stück."

„Echt?" Jetzt huschte doch ein kleines Lächeln über Carolins Gesicht. Sie mochte Linas verrückten Onkel. Nicht nur, weil er geholfen hatte, Cinderella zu befreien. Sondern einfach, weil er voller Einfälle steckte und die schönsten Feuerfontänen spuckte, die man sich vorstellen konnte.

„Onkel Rocco hat doch jetzt ein Engagement in Berlin als Feuerschlucker. Und dort, wo er wohnt, gibt es eine Konditorei mit sensationellen Berlinern, findet er. Jedenfalls soll ich dir einen dieser 50 Stück geben, zusammen mit einer Einladung. Er besteht nämlich darauf, dass wir beide ihn in Berlin besuchen."

„Okay, gib her." Carolin nahm Lina den Berliner aus der Hand und biss hinein. „Mhmmmm", machte sie und schaute etwas versöhnlicher.

„Ha!" Lina klatschte in die Hände. „Du machst endlich wieder ein fröhliches Gesicht! Onkel Rocco sei Dank!" Dann wurde sie ernst. „Wie geht's dir denn eigentlich so? Nicht besonders gut, oder?"

„Geht so", murmelte Carolin mit vollem Mund.

„Mensch, ich bin doch deine beste Freundin und nicht deine Mutter! Ich sehe doch, wie du rumhängst. Also, wie geht's dir wirklich?"

Carolin seufzte. Es war wohl nicht möglich, Lina länger etwas vorzumachen. Sie schluckte den letzten Krümel. „Mir geht's bescheiden, wenn ich ehrlich bin. Weißt du, ich hab Danny wirklich geliebt. Irgendwo tut es noch immer weh, wenn ich an ihn denke. Ich vermisse ihn trotz allem. Aber auf der anderen Seite bin ich echt froh, dass er verschwunden ist."

„Verstehe", nickte Lina und legte Carolin den Arm um die Schultern.

„Es tut eben weh."

„Verstehe“, wiederholte Lina, weil sie nicht wusste, was sie sonst sagen sollte.

Carolin schnippte einen Stein ins Wasser. „Ich hab Angst, dass Liebe immer so endet. So wie … wie blubbernde Luftblasen im Wasser, die sich in Nichts auflösen, sobald sie die Oberfläche erreicht haben.“

„Ach was. Es geht bestimmt auch anders!“, vermutete Lina.

„Nee. Nimm meine Eltern. Früher total verliebt. Heute geschieden und zerstritten. Oder Gunnar. Auch geschieden. Oder …“

„Meine Eltern sind zum Beispiel noch zusammen“, unterbrach Lina sie. „Oder Ami und ihr Mann, die waren glücklich, bis er gestorben ist. Du sag mal, ist der Pfefferbeißer eigentlich verheiratet oder geschieden?“

„Pfefferbeißer!“ Carolin prustete los. „Kannst du dir den alten Miesepeter als Ehemann vorstellen? Morgens beim Aufstehen? Im Bad oder am Frühstückstisch?“ Carolin schüttelte sich in gespieltem Entsetzen.

„Jedenfalls …“ Lina drückte ihr ein Küsschen auf die Wange. „Jungs kommen und gehen, aber Freundinnen bleiben!“

Caro lächelte. „Der Spruch könnte von deiner Ami stammen!“

„Tut er auch. Naja, so ähnlich jedenfalls.“

Carolin legte nun ihrerseits den Arm um Lina. „Ich bin wirklich total froh, eine Freundin wie dich zu haben.“

Lina zog einen Grashalm längs durch ihren Mund. „A propos Jungs: Was sagst du zu Thorben Sander?“

„Thorben wer?"

„Sander."

Carolin zuckte die Schultern. „Keine Ahnung, wer soll das denn sein? Ist der in unserer Schule?"

„Was, den kennst du nicht?" Lina guckte verblüfft. Dann schlug sie sich mit der Hand gegen die Stirn. „Ja klar. Den kannst du gar nicht kennen. Der war hier, als du zu Hause bleiben musstest."

„Erinnere mich bloß nicht daran", seufzte Carolin. „Was ist denn nun mit diesem Thorben?"

„Na, du weißt doch, dass Doktor Schulz in Pension geht. Neulich hat er uns seinen Nachfolger präsentiert. Der heißt Joachim Sander und scheint ganz nett zu sein. Aber, …" Linas Augen blitzten. „Noch netter scheint sein Sohn zu sein. Thorben, etwa in unserem Alter, und ziemlich süß!"

„Ach ja?", machte Carolin unbeeindruckt.

Lina kicherte. „Sogar Deborah war hin und weg. Die machte große Kuhaugen und tat so, als wäre sie die größte Pferdespezialistin auf Erden."

Carolin seufzte. „Das Thema Jungs ist für mich komplett durch. Im Moment gibt es nichts, was mich weniger interessieren würde."

„Warte ab, bis du Thorben siehst!", meinte Lina lächelnd. „Das beste Rezept gegen Liebeskummer ist eine neue Liebe, sagt Ami immer."

„A propos Liebe." Carolin war etwas eingefallen. „Ich muss noch was ganz Dringendes erledigen."

„Was denn?", wollte Lina wissen.

„Ein paar Spuren beseitigen! Leihst du mir kurz dein Messer?“

„Okay“, nickte Lina etwas irritiert und zog ihr Klappmesser, das sie stets mit sich herumtrug, aus dem Stiefel. Sie sah die Freundin streng an. „Aber du machst damit doch keinen Unsinn, oder?“

Als Carolin begriff, was Lina meinte, lachte sie. „Keine Sorge, so was ist kein Junge der Welt wert! Ich bin gleich zurück!“

So schnell sie ihre Beine trugen, rannte Carolin an der Koppel vorbei hoch auf die Anhöhe zu den alten Linden. Dorthin, wo sie vor kurzem noch so glücklich gewesen war. „C+D“ stand in die Rinde des knorrigen Baumes geritzt. Carolin zückte das Messer und rammte es mit aller Kraft mitten in das ‚D‘. Einmal. Zweimal. Immer wieder, bis von dem ‚D‘ nichts mehr übrig war. Dann bearbeitete sie auch das ‚C‘ und das Herz, bis von der Inschrift nichts mehr blieb außer einem großen hellen Loch in der Rinde. Dann trat Carolin gegen den Stamm, als wäre die Linde an allem schuld. „Warum, Danny?“, schrie sie dabei. „Warum hast du alles kaputt gemacht? Warum?“ Erschöpft ließ sie schließlich von dem Baum ab und ließ sich auf den Boden fallen. Als sie sich wieder aufrappelte, bemerkte sie etwas Bräunliches, das unter ein paar Zweigen hervorschimmerte. Carolin schob das Laub zur Seite.

„Das darf doch nicht wahr sein!“, murmelte sie. Da lag Marhabas Zaumzeug, das sie und Nick stundenlang gesucht hatten. Und die Kardätsche!

„Das warst also auch du, Danny …“ Carolin schulterte das Zaumzeug.

Als sie wieder zurück kam, ging Lina nervös auf dem Hof umher.

„Caro! Endlich! Ich hab mir schon Sorgen um dich gemacht!“, rief sie ihr schon von weitem entgegen. Dann guckte sie erstaunt. „Was schleppst du da mit dir herum? Wo hast du das denn her?“

„Alles in Ordnung“, winkte Carolin ab, aber ihr Gesichtsausdruck sagte etwas völlig anderes. Sie klopfte auf das Zaumzeug. „Das hier ist eine lange Geschichte.“

„Okay“, nickte Lina, die spürte, dass ihre Freundin nicht darüber sprechen wollte. „Tja, dann, wie wär's, wollen wir ausreiten?“, versuchte sie abzulenken. „Du und ich, Sternentänzer und Marhaba? Wie wär's? Wir reiten durch den Fluss wie in alten Zeiten. Erinnerst du dich noch, wie Sternentänzer damals Marhaba durchs Wasser jagte?“

Doch Carolin lehnte ab. „Vielleicht später. Ich geh ein bisschen zu den Pferden in die Box.“

Da bretterte auf einmal ein hellgelber Sportwagen in den Hof. Er kam erst kurz vor dem Haupthaus mit quietschenden Reifen zum Halten. Carolin und Lina sahen ihn mit offenen Mündern staunend an.

„Vielleicht die Post“, überlegte Carolin. „Eilzustellung?“

Als Lina sah, wer ausstieg, zog ein Strahlen über ihr Gesicht. „Die Sanders!“

„Der neue Tierarzt?“, fragte Carolin verblüfft. „In so einer Karre?“

„Komm mit!“ Lina fasste sie an der Hand. „Ich stelle dich vor.“

Wohl oder übel ließ sich Carolin mitschleppen.

„Hallo Herr Sander“, winkte Lina.

„Hallo Lina“, grüßte der zurück. Er war hoch gewachsen und hatte dunkle, lockige Haare, ein gebräuntes Gesicht und ein Lausbubengrinsen. An der Beifahrerseite stieg ein Junge aus.

„Das ist Thorben“, raunte Lina ihrer Freundin zu.

Der Junge sah seinem Vater sehr ähnlich. Dunkle, lockige Haare und ein gebräuntes Gesicht. Wenn er lächelte wie jetzt, zeigten sich zwei tiefe Grübchen in seinen Wangen.

Vater und Sohn machten sich auf den Weg in Gunnars Büro.

„Ist der nicht total niedlich?“ Lina drehte schwärmerisch die Augen zum Himmel.

„Geht so“, meinte Carolin ohne Begeisterung.

„Also!“ Lina stemmte die Arme in die Hüften. „Ganz objektiv gesehen sieht Thorben viel besser aus als dein Danny.“

Carolin zuckte nur die Achseln. „Kann schon sein.“ Sie lächelte die Freundin traurig an. „Ich hab Angst, dass ich nie wieder einem Jungen vertraue.“

Lina konnte die Freundin nur hilflos ansehen. „Ich frag mal Ami. Vielleicht gibt's ja ein Ritual gegen Liebeskummer“, meinte sie dann. „Vielleicht zerstoßene Rattenschwänze gut gemischt mit Ameisenspucke oder Mäusespeck mit Tollkirschenpulver oder so was."

„Ja, vielleicht", nickte Carolin, ohne daran zu glauben. „Ich seh jetzt jedenfalls mal nach Sternentänzer." Sie marschierte in Richtung Stall.

„He, Caro!", rief Lina ihr nach.

„Was denn?"

„Du musst nicht in den Stall!" Sie deutete mit dem Finger in Richtung Koppel. „Sternentänzer ist dort. Er steht ganz weit draußen mit Cinderella auf der Weide."

Carolin schaute in die Richtung, in die Lina gerade gezeigt hatte. Sie sah die Weide, die sich nahezu unendlich ausbreitete und darüber den blauen Himmel mit ein paar Wölkchen. In der Ferne waren drei Punkte, die rasch näher kamen.

Carolin schlüpfte durch den Zaun und lief ihnen entgegen. Die drei Pferde hatten sie erkannt. Sternentänzer galoppierte wiehernd auf sie zu.

„Na, du!" Carolin legte ihren Kopf an das seidige Fell seines Halses. „Dir kann ich vertrauen. Immer und hundertprozentig. Du bist für mich da, egal, was passiert." Sie seufzte. „Warum können Menschen nicht so ehrlich sein wie Pferde? Warum hat Danny nicht verstanden, wie wichtig das ist?"

Jetzt kam auch Cinderella angetrabt und in ihrem Schlepptau das Fohlen Silberstern auf seinen langen

Beinchen. Carolin strich zärtlich über Cinderellas weiche Nüstern. „Ich frage mich“, flüsterte sie kaum hörbar, „ob ich jemals wieder einem Jungen vertrauen kann? Ob ich jemals wieder mit einem Jungen glücklich sein werde?“

In diesem Augenblick steuerte Silberstern zielstrebig auf sie zu. Er legte seinen Kopf in Carolins erhobene Hände und sah sie intensiv mit seinen großen dunklen Augen an. Sie strahlten wie polierte Edelsteine. Es war, als würde er tief in ihre Seele blicken. Und plötzlich fühlte Carolin sich warm und aufgehoben. Sie schloss die Augen. Silberstern strömte eine Geborgenheit aus, die sie seit langem nicht mehr gespürt hatte. Es war, als würde ihr das Fohlen die Antwort auf ihre Frage geben wollen. Als wolle Silberstern sagen: „Ja, du wirst wieder einem Jungen vertrauen können.“ Im Bruchteil einer Sekunde war dieses eigenartige Gefühl wieder vorbei. Carolin öffnete die Augen. Silberstern hüpfte in übermütigen Bocksprüngen seinen Eltern Sternentänzer und Cinderella hinterher. Carolin beobachtete das zierliche Fohlen. Sie dachte: *Was war das eben, Silberstern? Ein Zeichen? Wolltest du mir etwas sagen? Hast du Sternentänzers Gabe geerbt – kannst du auch in die Zukunft blicken? Das würde bedeuten, dass du meine Frage beantwortet hast. Dass ich wieder irgendwann einem Jungen vertrauen kann. Oder wünsche ich es mir nur so sehr, dass ich es mir eingebildet habe?* Carolin wühlte mit beiden Händen durch ihr Haar und sah den drei Pferden nachdenklich hinterher.